ぜんしゅの跫《あしおと》

澤村伊智

角川ホラー文庫
22518

目次

初出

鏡　「怪と幽」vol.001

わたしの町のレイコさん　「小説 野性時代」二〇一七年九月号

鬼のうみたりければ　「幽」vol.30

赤い学生服の女子　「怪と幽」vol.004

ぜんしゅの跫　書き下ろし

鏡

一

けたたましく鳴る目覚まし時計を何とか止め、身体をベッドから引き剥《は》がすようにして起き上がる。

午前十時。いつもなら日曜は昼まで寝ているが、今日はそういうわけにはいかない。顔を洗い、歯を磨き、リビングに向かう。妻が昨日用意してくれていた礼服に着替えながら何気なく頬に触れ、髭《ひげ》を剃《そ》り忘れていたことに気付く。まだ目が覚めきっていないらしい。

洗面台にぬるま湯が溜《た》まるのをぼんやり待っていると、くすりと笑い声がした。寝間着姿の妻が廊下の壁に寄りかかって、こちらに疲れた笑みを向けていた。大きな腹を大事そうに抱えている。妊娠七ヶ月。女の子だと判明している。つわりはとうに治まっているはずだが、顔色は悪い。

「どうした？」

鏡越しに目を合わせながら訊《き》くと、

「未来の結婚相手が見たいの？」

妻は奇妙な質問で返した。寝ぼけているのだろうか。それともいわゆるマタニティブルーで、遠回しな皮肉か何かを言っているのだろうか。ぬるま湯がじょぼじょぼと鳴る音が、やけに大きく耳に響いた。

「おい、何を……」

「知らない？　カミソリを咥《くわ》えて水鏡を覗《のぞ》き込むと、結婚相手の顔が浮かんで見えるの」

「えっ？」

私は少し考えて、自分が髭剃りを唇の下に当てたままでいることに気付いた。

「つまりその位置からだと、俺が髭剃りを咥えて、水を覗いてるみたいに見えたってこと？」

「そう。懐かしいなって思った。中学の頃、そういうおまじないが流行《はや》ったから」

「なんだ」

思わず笑っていた。

まだ見ぬ婚約者の顔を見るためのまじない。自分も幼い頃に聞いたことがあった。教室で女子たちがそんな話をしていたのを、はっきりと思い出す。

「でもそれ、たしか夜中じゃなかったっけ？　丑三《うしみ》つ時、夜中の二時だったはずだ」

私は言った。蛇口を捻《ひね》ってお湯を止め、シェービングクリームを頬に塗りたくる。

「わたしのところは午前零時だった。正しい作法ならお盆を使うけれど、なければ洗面器か深いお皿でもいい。そんな話もあったよ」

グラタン皿とかでも大丈夫なのかな、と可笑《おか》しそうに腹を撫《な》でる。私は髭を剃りながら鼻息だけで笑い返す。昔懐かしい、取るに足りないまじないの地域差について、日曜の朝から夫婦で話し合っている。そんな自分たちが滑稽《こっけい》に思えた。同時にこの瞬間を愛《いと》おしく感じる。

鏡に映る妻の顔は、反転しているせいで不自然に見える。人間の顔が左右対称でないことの証拠だ。妻の目鼻、口、骨格。それらのわずかな歪《ゆが》みを、鏡が残酷に浮かび上がらせている。それでも彼女は私にとって大切な存在だ。最愛の妻だ。そしてこの家は幸福な場だ。

あと数ヶ月で、ここにもう一人、新しいメンバーが加入する。そう考えるだけで胸が躍った。

「今日は誰の披露宴に行くんだっけ?」

妻の声で我に返った。無意識に髭を剃り尽くしていたことに気付く。

「取引先の偉いさんの、息子夫婦。何年か前に一回だけ会ったことがある。名前はええと、何だったかな」

いずれにせよ仕事だ。取り入りたい相手の慶事に顔を出し、顔を売り、未来の仕事に繋《つな》げる仕事。決して新郎新婦の晴れ姿を見るためではない。愛し合う男女が結婚するのは目出度《めでた》いことだが、それ以上の感慨はない。

自分たちの披露宴や二次会も、似たような部分があった。まともに会話すらしたことのない会長や、主要な取引先の人間を何人か呼んだ。親しい同僚や、サービス精神旺盛《おうせい》な大学時代の友人を招待していなければ、きっとぎこちない宴《うたげ》になっていただろう。せっかくの式が儀礼的で空虚なものになっていたかもしれない。妻もあれほど晴れやかで嬉《うれ》しそうな顔をしなかったかもしれない。

「もっかい寝ようかな。今日はちょっとキツい」

言うなり寝室に向かおうとする妻を、私は「あ、待って」と呼び止めた。

「その前に朝メシ頼むわ。いや、ブランチかな。今日はパンで」

とん、と足を鳴らして妻が立ち止まった。

そのまま動こうとしない。後ろを向いているので、表情は分からない。どうしたことだろう、と私は訝《いぶか》ったが、いずれにしろすぐに動けない精神状態ではあるのだろう。

私は彼女の背中に身体を押しつけ、肩から手を回した。膨らんだ腹に触れる。

「どうした？　何か嫌なことでもあったのか？」

俯《うつむ》いている彼女の頰に、自分の頰を擦《こす》り付ける。

「ママが塞《ふさ》ぎ込んでると、赤ちゃんも心配するぞ」

「……何でもない。大丈夫」

頰に伝わる振動で、彼女が微笑しているのが分かる。

「そっか」

ほっと胸を撫で下ろし、私は妻の腹に、いや――その奥で日々成長している新しい生命《いのち》に、こう呼びかけた。

「そろそろお前の名前、決めないとなあ。何がいいでちゅかー？」

妻が小さな、とても小さな声で笑った。

正午過ぎ。JR高田馬場《たかだのばば》駅で下車し、ロータリーで無料の送迎バスに乗る。緑色の送迎バスは満席だった。知った顔はいない。揺られること十分、新目白《しんめじろ》通り沿いにある豪《ごう》奢《しゃ》なシティホテル「アヴェニール・ロイヤルホテル東京」に到着すると、私は大きなガラスドアをくぐった。

一階ロビーには大勢の人がいた。椅子やソファは全て埋まっており、喫茶スペースは満席だった。礼服の男性、ドレスの女性が多い。日曜日の大安だからだろう。案内板を見る限り、今日はこのホテルで何組もの挙式と披露宴が行われるらしい。吹き抜けのはるか上で巨大なシャンデリアが煌《きら》めいていた。五歳くらいの男児が何人か、大きな青い布を持って楽しそうに階段を駆け下りている。旗だろうか。ボーイスカウトか何かのイベントだろうか。

エスカレーターで二階に上がるとざわめきが遠ざかった。分厚い絨毯《じゅうたん》は足音がほとんどせず、行き交う人も一階とは違って小声で遣《や》り取りしている。

自分が行くべき部屋はどこだろう。控室があるはずだ。きょろきょろと辺りを見回しながら歩いていると、壁際に台車が放置されているのが目に留まった。ホテルマンが客の荷物を運ぶときに使う、金色の太いパイプが前後に取り付けられた台車だ。

その上には古めかしい、巨大な鏡が載っていた。

姿見、と呼んだ方がいいだろうか。楕円《だえん》形で高さは二メートルを優に超えている。幅は一メートルと少しくらい。パイプに立てかけられて、台車の上で均衡を保っている。くすんだ分厚い金属の枠には、派手な装飾が施されている。炎を象《かたど》っているようにも、文字のようにも見える。

鏡面はピカピカに磨かれていた。

吸い込まれるように覗き込むと、ネクタイが曲がっていることに気付いた。よく見ると礼服のあちこちに埃《ほこり》が付いている。昨日、妻に取るよう頼んでおいたのに。しょうがないな、香奈《かな》は。

無意識に口の奥で毒づいていた。

胸元と腕の埃を摘《つ》まんで取り、ネクタイを直す。鏡の中の自分と目を合わせていると、背後で——はるか後方で何かが揺らめいた。

小さな動物だろうか。

猫あるいは小型犬。もしくは夜道でたまに出くわすハクビシン——。

それくらいの大きさの黒い何かが、吹き抜けを挟んで向かいの、手摺《てす》りの上に蹲《うずくま》っているように見えた。なぜこんな場所に。利用客がうっかり放してしまったのか。しかしそれが何であるかは一向に分からない。

目を凝らそうとした時、黒い何かが動いた。

というより〝歪んだ〟。

向かって左上部が窪《くぼ》み、下部の表面がだらりと垂れ下がる。それまで概《おおむ》ね楕円だった輪郭が、「誇張して描いた米粒」然としたものに変わっている。

気付くと色も変わっていた。

黒かった何かは、ぬらぬらと赤く照り光っていた。窪みから溢《あふ》れ出た赤い液体が、全体を濡《ぬ》らしている。少なくとも私にはそんな風に見えた。

下部で何かが動いている。

ぱくぱくと開いたり閉じたりしている。

まるで──口だ。

中から覗く白いものは、歯だ。

鼻が見えた。

目があるのも分かった。

手摺りに指を置いている。

考えるより先に脳が明瞭《めいりょう》に認識した。

あれは男だ。

顔の半分近くが欠損している。

頭部に大怪我をして顔を血みどろにした男が、手摺りを摑《つか》んで顎《あご》を置き、こちらを見つめていた。息も絶え絶えに何かを訴えている。声なき声でこちらに呼びかけている。

煌びやかで賑《にぎ》やかな、シティホテルの吹き抜けで。

私は今、有り得ないものを目にしている。

首筋と背中に鳥肌が立った。

内臓がふわりと持ち上がり、身体が浮くような感覚に襲われる。口の中が一瞬で乾燥し、喉《のど》に痛みが走る。

目を逸《そ》らしたいのに逸らせない。むしろ振り返って直接確認したい。だが、そうしてはならないと身体の奥が告げている。本能が〝見るな〟〝立ち去れ〟と命じている。それなのに身体は勝手に振り向こうとしている。

顔の抉《えぐ》れた男が身を捩《よじ》った。

歯を食い縛り、続いて大きく口を開ける。また食い縛り、また開ける。同じことを四度繰り返したところで、耐え難いほどの恐怖と好奇心が同時に湧き起こる。

今のは何だ。何を言おうとしている。

何を伝えようとしている。

それ以前にあれは何だ。

見たい。見るな。確かめたい。止めておけ。いや、やはり――。

「お待たせしてすみません」

知った声が耳に響いた。

見覚えのある男がすぐ側に立っていた。穏やかな丸い顔。健康的な肌。ややぽっちゃりした身体。

勤め先の後輩、高梨重明《たかなししげあき》だった。つい先月、中途採用でうちの部署に配属されたばかりの青年だ。

「いやー、申し訳ないです」彼は額の汗をハンカチで拭《ふ》き、「よりによってご祝儀持ってくるの忘れちゃって、取りに帰ってたんですよ。何しに行くんだって話ですよね、ホント」

たはは、と笑う。礼服は窮屈そうで、ボタンが今にも弾《はじ》け飛びそうだ。

「……いや、大丈夫だ」

私は曖昧《あいまい》に答えた。平静を装いつつ記憶を探る。

高梨と二人で出席することを、今の今まですっかり忘れていた。彼とまだ交流を深めていないせいもあるだろうが、それでもここまでの〝ど忘れ〟は初めてだ。おかしい。自分が信じられない。何がどうなっているのか。

それに、ついさっき鏡に映っていたあの男は――。

さりげなく吹き抜けの反対側に目を向けたが、若いベルボーイが歩いているだけだった。それらしきものは見当たらない。鏡にも映っていない。

私はいつの間にか後ずさり、鏡から距離を置いていた。どくどくと激しく鳴る胸を押さえていた。

「どうしたんですか」

軽い調子で訊《き》く高梨に、私は再び「大丈夫だ」と返した。彼は特に気にする様子もなく、「じゃ、行きましょう」と歩き出した。鏡にもまるで関心を示さない。そこに存在しないかのように全く注意を払わない。

不思議に思いつつ、私は彼の後を追った。ついさっきの鏡越しの光景を思い出さないように、高梨の広い背中を意識して見つめていた。

迷うことなく歩く高梨に続いて、角を何度か曲がる。思ったよりずっと遠い。外観での印象よりこのホテルは広いのか。歩けども歩けども一向に着かない。本当にこっちで合っているのか、と訊こうとしたところで、

「あれです。やっとだ」

高梨が言って突き当たりを指す。開け放たれた巨大な扉の奥に、何人もの人影が見えた。丸テーブルも、その上にあしらわれた派手な花も見える。

扉の左手には白いクロスのかかった長机。その向こうに若い男女が立っている。受付だ。私は内ポケットに手を突っ込んで、袱紗《ふくさ》の感触と、それが包むご祝儀袋の形状を確かめる。

受付の二人の顔がはっきり見えたころ、私は扉の右手にあるパネルに目を留めた。瞬間、「おっ」と小さな声が漏れてしまう。

パネルには筆文字でこう書かれていた。

寿
相沢《あいざわ》家
佐川《さがわ》家
披露宴会場

新婦の姓〝佐川〟は、妻の旧姓と同じだった。不思議な偶然もあるものだと思いながら、私は内ポケットから袱紗を取り出した。

二

座面に置かれた引き出物の紙袋を脇に置いて、席に着いた。皿の上のネームプレートには「田原秀樹《たはらひでき》」と私の名前が書かれている。間違いなくここだ。

高梨が右隣の席に腰を下ろした。

丸テーブルには私たちを含め、五人の男女が座っていた。私の左隣は白髪頭の痩《や》せた壮年の男で、向かいの二人はふくよかな中年女性。女性二人は親しげに語っているが、男は渋い顔で遠くを見ている。

レースのカーテンが掛かった大きな窓の向こうは、和風とも洋風ともつかない広大な庭園だった。青々とした芝、球形に刈られた木々が、午後の明るい日差しに照らされている。日の光を受けて輝いているのは池だろうか。

広く天井の高い披露宴会場には、ざっと見る限り二百人近く集まっていた。かなりの規模だ。席次表を頼りに新郎の親族席に視線を向ける。

新郎の父親であるところの相沢誠二《せいじ》は、げっ歯類を思わせる貧相な老人だった。おどおどと辺りを見回し、グラスの水をあおる。隣に座っている新郎の母親が、苦笑しながら夫の肩を叩《たた》いている。「もお、しっかりしてよ」と言っているのが口の動きで分かる。

「……ですよね、さすがピヨピヨストアの会長様だ」

高梨の声がした。

「ごめん、何だって？」

「いや、相沢さんの経営手腕のことですよ。単なる駄菓子屋を十年であそこまで大きくしたんだから、やっぱり只者《ただもの》じゃない」

「そうだな」

「見た目の印象と違って、大胆ですしねえ。ほら、去年の経営陣の大リストラ」

「うんうん」

私は適当に話を合わせた。そういえばそうだったような気もする。いつ、どこで、どんな風に。実際に彼と会った時のこと、交わした会話の内容はほとんど思い出せないが、高梨の言うとおりの人物なのは何となく覚えている。歓談の時に挨拶《あいさつ》しに行こう。いや、先に新郎新婦に話しかけた方が印象がいいだろうか。

それはそうと食事はどんなものが出るだろう。皿の隣に置かれたメニューを見て分かるのは、各料理の主な食材だけだ。ブランチはトーストと目玉焼きとコーヒーだけで、早くも空腹を覚えている。私はすっかり落ち着きを取り戻していた。

「息子さん――新郎も凄《すご》いからなあ。イケメンで文武両道で」

「会ったことあるのか」

「あれ、言ってませんでしたっけ。大学のサークル繋《つな》がりで面識あるんですよ。直接話したことは二回くらいしかないですけど」

高梨はここで周囲の様子をうかがった。男が席を立ち、女性陣が話し込んでいるのを確認してから、私に顔を近付ける。

「なのに新婦がちょっとアレらしいです」

「アレって？」

「何ていうか、いろんな意味で格差婚だそうですよ」

にたりと厭《いや》な笑みを浮かべた、次の瞬間。

きゅおおおん、と不快な音が耳をつんざいた。

ハウリングだ。思わず顔をしかめると、「失礼しました」と女性の声が響いた。上手《かみて》の方でスーツ姿の女性司会者が、マイクを手に作り物の笑みを浮かべて口を開く。彼女はどこか陶酔したような調子で話し始めた。これまで何度も聞いたことのある、披露宴の前口上だ。

高梨は真面目に聞き入っている。向かいの女性二人はくすくすと笑い合っている。いつの間にか戻ってきていた左隣の男は、椅子にもたれて手元を見ていた。タブレットを閲覧しているらしい。私は席次表に視線を落とし、正面上手、新婦の名前を確認する。

〈佐川知《ち》紗《さ》〉

ちさ。可愛らしい名前だ。

どんな子だろう、と思ったその時、

「それでは新郎新婦のご入場です。皆様、式場後方の扉にご注目ください」

司会者が誇らしげに、かつ懇願するように言った。器用なものだと思いながら私は振り返る。いかにもこの場に流れそうなピアノ曲が流れ、照明が暗くなるのと同時にスポットライトが扉に当たる。窓には、遮光カーテンが下ろされた。

扉が開いた。

紋付羽織袴《はかま》の新郎と、赤を基調とした色打掛の新婦が立っていた。

会場がどよめいた。すぐさま取り繕うような、殊更な拍手が鳴り響く。私は思わず目を瞠《みは》った。

新郎は長身で、端整な顔立ちをしていた。月並みな喩《たと》えだがギリシャ彫刻のようだった。意志の強い目を私たちに向け、堂々と胸を張っている。口元に浮かんだ笑みは自信に満ち溢《あふ》れ、威厳さえ感じられる。あの父親からこの息子が生まれるとは容易に飲み込めない。

一方で新婦は地味だった。

いや、はっきり言って難があった。

背は低く丸々と肥え、目は細く鼻は低く、首が全くない。プロにメイクを施されているはずだが、まるで平安時代の女性を、過剰に物真似したように見える。

巨大な口から歯を覗《のぞ》かせ、新婦は笑いながら歩いていた。のしのし、と形容するのが最も相応《ふさわ》しい足取りで。

「知紗ちゃーん、可愛いよーっ」

若い女性の、わざとらしい声が飛んだ。

新婦は太く短い両手を殊更に振って応《こた》える。

どっと男女の笑い声がこだました。

式場の中央を確かな足取りで新郎が歩き、その後を新婦がついて行く。私は彼女の顔に焦点を合わせる。河馬《かば》、蛙、達磨《だるま》、白塗り、金太郎、コウメ太夫《だゆう》。様々な言葉が連想ゲームのように浮かんでは消える。

不意に上着の裾《すそ》を引っ張られ、私は席に座らされた。どうやら無意識に腰を浮かせて、まじまじと新婦を見ていたらしい。

高梨が子供をあやす時のような顔で囁《ささや》きかける。

「流石に不味《まず》いですよ、田原さん」

「そ、そうだな。悪い」

「まあ、気持ちは分かりますけどね、へへ」

彼は半笑いで己の席に座りなおすと、拍手を再開した。

私は戸惑いながらも、とりあえず彼に——皆に倣って手を叩く。中年女性二人は意味ありげな視線を交わしている。ピイ、とどこかで指笛が鳴る。金屏風《びょうぶ》の前で新郎新婦がこちらを向き、深々と一礼した。

拍手が一際大きく響き渡った。


「ご存じかと思いますが、私よくテレビに出演させていただいておりまして」

太った和装の老人がマイクに向かって話している。手にはシャンパングラスを持っている。既に酔っているらしく赤ら顔で、話しながらゆらゆらと揺れている。高梨を含めテーブルの面々は「知っています」といった顔でうなずいているが、私は彼を知らなかった。

「所謂《いわゆる》コメンテーターとして日々のニュースに触れ、意見させていただいておりますが、その中で思うのは、最近の若者は元気がない。いい子ちゃんすぎる。失敗を恐れ、レールから外れることに怖気《おじけ》付いている。月並みな言い草ですが本当にそう思います」

わざとらしく渋面を作る。

私はつい数分前の、司会者の言葉を思い返していた。結婚式が無事に済んだことの報告と、新郎新婦の——特に佐川知紗の略歴紹介を。

東京都の杉並《すぎなみ》区で生まれたこと。ずっと都内在住であること。奨学金を得てそこそこの大学に通い、卒業したこと。現在は保育士をしていること。
幾つかの事柄が隠されているのがすぐに分かった。司会者が意図的に言及しないことがある。巨大なスクリーンに投影された、彼女の写真からもそれは推察できた。幼少期の写真は一人で写っているか、友達やクラスメイトらしき同世代の人間と写っているものばかりだった。どの写真の知紗もおどけたポーズ、もしくは変な表情で、写真が切り替わる度に爆笑が上がった。

佐川知紗には両親がいないらしい。さもなければ家庭環境に問題がある。写真を見る限りでは裕福でもなさそうだった。席次表に新婦の親族の名前は一つもなく、友人が十人ほど来ているだけらしい。

彼女はつい先日、二十七歳になったばかりだという。生年はたしか――。

「ですが新郎、雅人《まさと》くんは違う」

コメンテーター氏が高らかに言った。

「彼は若い頃から非常によく遊んだ。羽目をはずした。本日お集まりの皆様はよくご存じですよね。社長令嬢、有名女優、海外のセレブ。そうした華々しい女性たちと浮名を流したことも一度や二度ではありません。もちろん、火の不始末で親御さんに泣き付いたのは、一度か二度くらいだと信じておりますが」

がははは、とあちこちで男性たちの笑い声がした。新郎が苦笑いしながら、芝居がかった動作で頭を掻《か》いてみせる。高梨が楽しげに「いやー、実際どうなんでしょうね」と呟《つぶや》く。

知紗も俯《うつむ》きながら笑っていた。

「ですが男はそうでなければいけない」

コメンテーター氏は新郎新婦に向けて、

「そうした経験を積んでこそ、男性は本当の愛や慈しみに気付くのです。上っ面や金勘定に惑わされず、女性の内面を見る力が養われる。もっとも、周囲には理解できない、マニアックな趣味に走ることもままありますがね」

また会場内が笑いに包まれる。高梨が「あはは！」と腹を抱える。ざわめきの中に「確かにマニアックだね」と、若い女性の声が聞こえた。

今回も知紗は笑みを見せていた。ペロリと舌を出しさえする。なるほど、と私は頬を弛《ゆる》めた。

彼女は人間ができている。自分の容姿を笑われても動じない強さと、冗談にできる逞《たくま》しさがある。場の空気を優先し、夫や周囲を立てる気配りもある。その点では女性の鑑《かがみ》、理想の嫁と言っていい。

だから笑っていいのだ。弄《いじ》っていいのだ。

私も皆の輪に加わった方がいいのだ。

ははは、と声を上げると、肩の力が抜けた。

「雅人くんにはボランティア精神がある」

コメンテーター氏は真顔で言った。私は笑う。

「知紗さんには一種の芸人魂がある」

私は皆と同じように笑う。

「雅人くんを射止めた技術について、女性陣にレクチャー願いたいものですな」

今までで一番大きな笑いが起こり、知紗がペチンと己の額を叩《たた》いた。

コメンテーター氏の誘導に従って私たちは立ち上がり、グラスを手にした。

「内面の美しさを重視する雅人くんと」

あちこちで哄笑《こうしょう》が上がった。新郎と新婦も幸福そうに微笑し、目配《めくば》せしている。

「内面の美しい知紗さんの、輝かしい前途を祝福しま——」

ブツ、ブツ、と鼓膜を突くような音が、スピーカーから響いた。コメンテーター氏が眉根《まゆね》に深々と皺《しわ》を寄せ、目の前のマイクを睨《にら》み付ける。

視界の隅で何かが動いた。

スクリーンに画像が映し出されていた。遮光カーテンが開いているので、ぼんやりとしか見えない。

すっ、と日が翳《かげ》った。

私は思わず目を瞠った。声を上げそうになって咄嗟《とっさ》に口を押さえる。

男が倒れていた。床に倒れているのを真上から、かなりの高さから撮ったものだ。手足を大の字に投げ出している。白目を剝《む》き、あんぐりと口を開けている。フローリングの床には皿が何枚も、いや——何十枚も転がっている。

服は真っ赤に染まっていた。

顔の向かって右側が殆《ほとん》ど無くなっていた。削られたのか、切り取られたのか。或《ある》いは爆破されたのか。

死体写真だった。

凄惨《せいさん》な死体写真が、スクリーンに大写しになっていた。

「あー、あー、どうやらこのマイクちゃん、知紗さんに嫉妬《しっと》しているみたいだね」

コメンテーター氏が冗談めかして言った。問題なくスピーカーから声が出ている。安《あん》堵《ど》の溜息《ためいき》と乾いた笑い声があちこちから聞こえる。

気が付くと、スクリーンの画像は消えていた。

何も映っていない白い幕を、呆然《ぼうぜん》と眺めている自分に気付いた。

「……今の見たか、高梨」

「え、何がです？」

彼はきょとんとした顔でこちらを見返す。説明しようとしたが言葉が出ない。舌がもつれ、頭には何も浮かばない。

「ではお二人の前途を祝して——乾杯！」

コメンテーター氏が高らかに言った。乾杯、と皆が続く。私は慌ててグラスを掲げた。

「田原さん、どうかしました？」

グラスを差し出しながら訊《き》く高梨に「何でもない」と答え、私はシャンパンを一息で飲み干した。周囲のざわめきを聞きながら心を落ち着かせる。

気のせいだ。

光の加減か何かで、それらしく見えただけだ。記憶、それもつい十数分前の記憶と結びついて、脳が勝手に解釈しただけだ。

席に着こうとした時、とん、とグラスを置く音がして、私は左を向いた。

男が突っ立ったままスクリーンを凝視していた。表情は狼狽《ろうばい》しているようにも嫌悪しているようにも見える。

まさか。

「失礼、今あそこに何か映ってました？」

厭《いや》な汗が腹の辺りを伝うのを感じながら、私は男に訊いた。男は鋭い視線を寄越《よこ》す。五十代後半ほどだろうか。こけた頬には生気がなく、白目は充血している。への字に結ばれた口が開き、脂《やに》で黄ばんだ歯を覗《のぞ》かせる。

「そう思ったのですが、どうやら見間違いらしい。年のせいかな」

想像していたよりずっとよく通る声で、男は言った。片頬だけで笑う。どう返していいか考えていると、彼は「失礼」と席を外した。わずかに右足を引き摺《ず》っているのが分かった。

男が扉の向こうに消えてから、私は席次表を手に取った。同じテーブル、私の左隣の席を確認する。書かれていたのは特に珍しくもない、知らない名前だった。
〈新婦友人　野《の》崎《ざき》和《かず》浩《ひろ》〉

三

宴は和やかに楽しく進行した。出席者たちは順番に新郎新婦と語らい、写真を撮り、そうでなければ相沢会長ら新郎親族と話していた。場が明るいと食事もより美味《おい》しく感じられる。つい酒が進んでしまう。

友達らしき若い男女に囲まれた知紗が、不意にパンと手を叩き、目を剝き口をへの字にして手をかざす。歌舞伎の大見得を切ってみせたのだ。友達はのけぞって笑う。何人かは知紗の肩を叩き、額を指で弾《はじ》いた。

「さすがだわ。自分のキャラ分かってる」

「最《も》早《はや》プロでしょ、プロ」

男友達らしき青年二人が語らいながら、私たちのいるテーブルの横を通り過ぎた。

新郎の大学時代の友人七名が余興で披露したのは、ザ・ブルーハーツ「リンダリンダ」のアカペラバージョンだった。リードボーカルが抑揚を付けて歌い出した直後、知紗が見事なタイミングで前歯を突き出して鼠の顔真似を披露した。待ってましたとばかりの大笑いが巻き起こり、私も高梨も手を叩いて歓声を送った。

ふと見ると、野崎が笑っていないことに気付いた。彼女がどれほど面白いことをしても、どれほど周囲が笑っても眉《まゆ》一つ動かさない。しかめ面で食事をするか、明後日《あさって》の方を向いている。戻って来てから今まで席を立った様子もなかった。機嫌が悪いようにも、体調が悪いようにも見えた。空調が効き過ぎて寒いといえば寒い。

新郎新婦が拍手とともに退場する。お色直しだ。私は再び野崎に声を掛けた。

「ご気分が優れないようにお見受けしますが……」

「いえ、こういう場が苦手なものでしてね」

野崎はわずかに表情を弛めて答えた。

「自分もです」私はにっこりと同意する。「こんな豪華で、大規模な披露宴は初めてだから、ちょっと面食らいました。自分の時だってこの半分、いや三分の一くらいでした」

「そうですか」

「でも新婦のおかげでリラックスできましたよ。凄《すご》いですよね、サービス精神旺盛《おうせい》というか、自分の役割を貫徹してるというか」

「役割？」

野崎が訊いた。

「ええ、弄られキャラといいますかね。場を和ませて円滑にする立派な役割ですよ。ご覧になってましたよね。凄い腕前だ」

彼は口元に手を当て、少し考えて、

「要は——玩具《おもちゃ》ということですか。この場にいる連中の」

と言った。酷《ひど》く棘《とげ》のある物言いだった。嘲《あざけ》るような視線で私を一睨みし、続いて周囲を眺め回す。

「……いや、それは新婦に失礼じゃないですか」

私は笑顔を保ったまま、思ったことを率直に言った。楽しくグラスを重ねたせいで気が大きくなっていた。

「全力でもてなしてくれてるんです。こっちも笑ってあげるのが礼儀ってもんですよ」

「礼儀ね」

くだらない、と言わんばかりに鼻を鳴らす。

苛立《いらだ》ちが胸の内で膨らみ、反論しようとしたところで、

「知紗さんは小さい頃から、ずっと可愛いですよ」

野崎がきっぱりと言った。

意表を衝《つ》かれて私は言葉に詰まった。遠くのテーブルでギャハハと爆笑が上がる。気付くと右隣で高梨が噎《む》せていた。どうやらワインが気管に入ったらしい。女性二人は席を外していた。

「む、昔からお知り合いなんですか」

私は問いかけた。苛立ちが萎《しぼ》み、まともに遣《や》り合う気が失《う》せていた。見たところ、知

紗と倍ほど年が離れていそうなのに、席次表に「友人」と書かれているのは気にならないでもない。

「ええ」彼はグラスを手にして、「もう四半世紀になります」と、懐かしむように言った。

「あれですか、親御さん繋《つな》がりとか？」

「ですね」野崎はワインを一口飲んで、

「顔を合わせるのは久々です。だいたい十年ぶりだけど……ああいう大人になっているとはね。まあ腑《ふ》に落ちると言えば落ちるか」

　大きく溜息を吐いた。黙って先を促すと、彼は静かに話し始めた。

「あの子は父親を早くに——二歳で亡くした。母親が男性と交際するようになったのは、あの子が幼稚園の頃だ。最終的に母親は三人目か四人目の男と再婚した。新婦が小学四年の時です。長くは続かなかったけど」

「へえ」

「母親が男を家に招くと、新婦は場の盛り上げ役に徹した。明るく元気で面白い、いい子であろうとした。再婚の障壁——瘤《こぶ》だと思われないようにね」

　そういうこともあるだろうな、と私は思った。親の幸せを願う純粋な愛情と、よりよい生活を得るための冷静な計算が同居した、子供なりの精一杯の振る舞い。

「男に容姿をからかわれることも、よくあったらしい」

　野崎の表情は暗く、目は静かな怒りに満ちている。でしょうね、と返しそうになるのを私は堪《こら》えた。

「陰で泣いていたそうです。母親と男のいないところで、親しい人の前でだけ」

「可哀想に」

私は小さく唸《うな》って、

「でもそれで鍛えられて、今じゃ立派な弄《いじ》られ芸人ってわけですか。凄いなあ」

と言った。晴れ舞台で道化を演じ切る知紗の半生を知り、合点が行っていた。感心してもいた。と同時に、この場に彼女の両親がいないことに安堵《あんど》していた。自分の娘が弄られている――それも容姿をネタにされているのを目の当たりにして、いい気分はしないだろう。いや、辛《つら》いだろう。身を切られる思いがするだろう。私が親ならまず耐えられない。

娘のことが頭に浮かんだ。

妻の腹の中にいる、年内に生まれる予定の娘。可愛い子で生まれてほしい。格別美しくある必要はないが、普通の容姿であってほしい。笑い物にされるような顔にはなってほしくない。

知紗みたいには絶対に。

ほろ酔いの頭でそんなことを考えていると、

「皆様、大変お待たせしました」

司会者が大仰に呼びかけた。ざわめきが少しずつ収まっていく。再びカーテンが下り、照明が落ちる。野崎がぐったりと椅子に身体を沈めるのが、暗い中に見えた。

勢いと雰囲気だけで全く意味のない言葉をつらつらと連ねた後、司会者は「それではご登場いただきましょう」と扉を手で示した。再びスポットが当たり、音楽が流れ出す。現れたのは銀色のタキシードを着たマネキンのような新郎と、ウェディングドレス姿の鏡餅《かがみもち》のような知紗だった。本人も自覚はあるのだろう。新郎の隣で頬を膨らませ、ずっしりと腰を落としてみせる。鏡餅の形態模写だ。早速ひと笑い取ると、二人は手を組んで歩き出した。

「いやあ、いいお笑いライブだなあ」

高梨が目に涙を浮かべていった。

キャンドルサービスが始まる。各テーブルの中央に用意された蠟燭《ろうそく》に、雅人と知紗が火を灯《とも》していく。金色に光る長いトーチを使って、親族席から順番に。オレンジ色の小さな火が、暗い会場に一つずつ増えていく。「怖い怖い」「ホラー映画じゃん」「キモい」「下から照らすの禁止」と、友人たちが口々に囃《はや》し立てる。

写真を撮るつもりなのかタブレットを手にした野崎に、私は小声で問いかけた。

「あの、新婦のお母さんってどうされたんですか」

野崎は難しい顔で黙っていたが、やがて小声で返した。

「一昨年《おととし》に亡くなりました。交通事故だそうです」

沈黙が訪れる前に私は質問を重ねた。

「じゃあ、実のお父さんは」

「化け物に食い殺されました」

「へっ？」

妙な声が口から飛び出し、会場にこだました。周囲の視線が一斉に突き刺さり、私は口を押さえて縮こまる。頃合を見計らって顔を上げると、野崎と目が合った。

彼は真顔だった。

冷め切った目で私を見下ろしていた。

「田原さん、大丈夫ですか」

暗い中で高梨の声がして、私は「ああ」と答えた。身体を起こしたところで、新郎新婦が近付いていることに気付く。トーチを捧《ささ》げ持った二人を、中年女性二人が甲高い歓声と拍手で迎える。

照らし出された知紗の大きな顔が迫る。野崎に気付いてニカッと歯を見せる。トーチの火がテーブルの上の、蠟燭の先端に触れる。

「……野崎さん」

囁《ささや》き声が大きな口から漏れた。

「ご無沙汰《ぶさた》しています」

それまで一度も見せたことのない優しい表情で、野崎が答えた。タブレットを顎《あご》の高さに掲げる。私は無意識に画面を覗《のぞ》き込んでいた。

バストアップの写真だった。

散らかった部屋で、赤いウルフカットの女性が、こちらに満面の笑みを向けている。どことなく南国の少女を思わせる顔立ちだが、肌や皺《しわ》から察するに三十歳くらいだろうか。

「結婚おめでとう。こいつも……」

野崎が言葉に詰まった。一度咳払《せきばら》いをして、

「こいつも喜んでるよ」

と、掠《かす》れた声で続ける。

共通の知人だろうか。或《ある》いは野崎の身内だろうか。

或いは――。

うぐう、と奇妙な音がした。

音のした方を向いて息を呑《の》む。

知紗が虚《うつ》ろな表情で、赤い髪の女性を見つめていた。だらしなく開いた口から呻《うめ》き声が漏れている。見ているうちに更に感情が、表情が顔から消えていく。

新郎が困った顔で「どうしたの」と訊《き》いた。

「ああ、あ、お……おねえちゃん」

小さな目が潤む。みるみる涙が溢《あふ》れ頬を伝う。眉間《みけん》に、小鼻に、口の端に、顎に幾本もの皺が刻まれる。

「い……いや、だ」

搾り出すように言う。

「嫌だ」より大きな声で。

「嫌だ、こんなの」よりはっきりした声で。

「あれ、どうしちゃったの？」高梨が慌てふためく。

「嫌だ。嫌だ嫌だ。野崎さん。お姉ちゃん。嫌だ嫌だ嫌だ嫌だ嫌だ嫌だ。嫌だ嫌だ嫌だ嫌だ嫌だ嫌だ嫌だ、嫌だ嫌だ嫌だ嫌だ嫌だ嫌だ嫌だ嫌だ嫌だ嫌だ嫌だ」

「知紗」

野崎が遮るように呼びかけた。

「嫌だあっ！」

知紗はそう叫ぶなり、トーチを振り上げた。そのまま目の前のテーブルに叩《たた》き付ける。大きな音とともに花が弾《はじ》け飛び、蠟燭が倒れる。テーブルクロスに火が燃え移りそうになるのを、新郎が袖《そで》で叩いて防いだ。

獣の咆哮《ほうこう》のような泣き声を上げて、知紗がテーブルに突っ伏した。

「ああああああ！　うわああああああ！」

がりがりと爪を立て、白いクロス越しに天板を掻《か》き毟《むし》る。ベールが床に落ち、解《ほど》けた長い髪がバサリと広がる。

突然のことに誰も何も出来なかった。新郎は弛《し》緩《かん》した顔で新婦を見下ろしている。高梨が転んだらしく「いてて」と声がする。沈黙した会場にざわめきが広がっていく。

呆然《ぼうぜん》とした野崎が、タブレットを手に立ち上がっていた。

心が決壊したのだろう。

想像はついていた。表面上はあれほど積極的に、楽しげに道化を演じていても、内心では辛かったのだ。隠してずっと耐えていたのだ。その溜《た》めに溜めた感情が何かをきっかけに破裂した。おそらくは野崎のタブレットの写真、赤い髪の女性を目にしたことで。

可哀想に。

無理しなければよかったのに。

ぼんやりと考えていると、いつしか知紗の慟哭《どうこく》は啜《すす》り泣きに変わっていた。

「……感じ悪いね」

遠くで女性が小声で言い、誰かが「ね」と同意する。

「せっかく盛り上がってたのに」

「実は嫌でしたって後から言われてもな」

「何で泣いてんの？　ウケる」

「散々オイシイ思いしたくせに今更ねえ」

「都合のいい時だけ被害者面《づら》されてもさあ」

「芸人失格ですよ」

あーあ、と溜息《ためいき》混じりの声。

「あのおっさんが何か見せたせいだ」

「余計なことすんなって」

　野崎が険しい顔で周囲を見回す。

「誰？」

「知らない」

「部外者が場の空気乱すなよ」

　苛立《いらだ》ちと呆《あき》れと軽蔑《けいべつ》の入り交じった声が、あちこちから聞こえる。私はいたたまれなくなって知紗を見下ろしていた。司会者が仕切ってはくれないだろうか、そうでなくてもスタッフが気を利かせてこの場を収めてくれないものか。視線を周囲に走らせると、

「どうします？」

　ぽん、と肩を叩かれた。高梨の声だ。

「フォローしないと不味《まず》いんじゃないですか」

「え？」

　唐突な提案に私は戸惑った。高梨の口調はまるで私がそうするのが当然だと言わんばかりだ。意味が分からない。

「そうですよ」

　近くで女性の声もする。おそらく向かいの席の二人組のどちらかだ。

「手伝えることがあったら何なりと言ってください、田原さん」

高梨がまた肩を叩く。

「すまん、何を言ってるか、全然」

「お父さんこそ何言ってるんです？」

「え？」

また意味の分からない言葉が飛び出した。何故高梨にお父さん呼ばわりされるのか、皆目見当が付かない。

ははは、と高梨は嗄《しわが》れた声で笑って、

「娘を助けるのは父親の役目ですよ」

と言った。すぐさま別の声が続く。

「お父さん、出番ですよ」

「ファイト、お父さん」

「芸歴の差を見せてやってください、ははは」

「お義父《とう》さん、さっそくですがお願いします」

新郎さえも私に向かって要望している。煽《あお》り立てている。蠟燭《ろうそく》の灯《あか》りに浮かぶ人々の顔は楽しそうに見える。

「さあ、お父さん」

どん、と強く背中を押された。弾みで足を踏み出して何かに蹴躓《けつまず》く。引き出物だろうか、と思うのと同時に私はバランスを崩して床に俯《うつぶ》せに転んでしまう。痛みに呻いていると、計ったかのように照明が灯《とも》った。

目の前に席次表が落ちていた。これも計ったかのように、私の顔のすぐ前に広げられている。

自分の名前が目に留まった。見慣れた漢字の並びを脳が即座に捉《とら》え、焦点を合わせる。

「あっ」

私は小さな叫び声を上げていた。

席次表には、はっきりこう書かれていた。

〈新婦父　田原秀樹〉

四

「お父さん！」

知紗が私に躍りかかった。メイクの崩れた巨大な顔が私の眼前に迫る。襟を摑《つか》まれ激しく引っ張られ、私はなすすべもなく彼女に立たされる。

「来てくれたんだね！　わたしのこと、忘れてなかったんだね！」

鼻水を垂らしながら知紗は私を揺すった。「あああ」と間抜けな声が私の口から漏れ、周囲から笑い声が上がる。

「会いたかったよお」

ひしと抱かれ、凄《すさ》まじい力で締め上げられる。また妙な声が漏れ、また笑いが起こる。耳元でズルズルと洟《はな》を啜る音がする。化粧と香水の混じった匂いに吐き気を催す。

「ち、違う、父親じゃない」

何とかそう搾り出したが、声はざわめきに掻き消された。誰も聞いていない。全てが丸く収まったかのような顔と態度で、自分の席に戻っていく。颯爽《さっそう》と現れたスタッフが倒れた椅子を起こし、床に落ちた食器を拾い、テーブルをてきぱきと元に戻す。

「感動の再会、まことに素晴らしいですね。皆様、新婦とお父様に大きな拍手をお願いします」

司会者が厳かに言った。拍手が式場に轟《とどろ》き、空気を揺らす。生温かくぶよぶよした知紗の腕に抱かれて、私は戦慄《せんりつ》していた。彼女の体温が身体に伝わり、記憶を、感情を刺激していた。

病院で初めて見た知紗の姿。

妻に抱かれて眠っている知紗の寝息。

初めて生えた二本の下前歯。這《は》い這い。掴まり立ち。粉ミルク。離乳食。それを作るために買いそろえた専用の食器。妻と一生懸命読みふけった、たくさんの育児書。知紗との日常を記録したブログの文面。知紗がいて楽しい毎日。幸福な三人家族。

私は、私は。

この子の——こんな子の父親なのか。

「そうだよ」

知紗が答えた。

訊《き》いてもいないことを的確に打ち返した。分厚い唇を開き、大きな歯を見せて笑うと、彼女は私の手を握り締めた。

「嬉《うれ》しいよ。大切な日に来てくれて。しかも助けてくれて。お父さん、すごく……かっこいい」

取れかかった付け睫毛《まつげ》の奥の小さな目から、新たな涙が溢《あふ》れ出す。膨らんだ鼻の穴から透明な鼻水が垂れ、深々と刻まれた人中《じんちゅう》を伝って口に流れ込む。

全身に怖気《おぞけ》が走っていた。

胸の内ではっきり思っていた。

嫌だ。

こんな娘は嫌だ。

世間から嗤《わら》われ、小突かれ、引き立て役にされ、自ら滑稽《こっけい》に振る舞い、ピエロを演じなければならない娘は。そうしなければ社会に参加させてもらえない、そうしなければ居場所をもらえない、そんな容姿の娘は。

絶対に嫌だ。

「さあ、田原さん」

骨と皮ばかりに痩《や》せ、ぶかぶかの礼服を着た男が見つめていた。席の位置と声で高梨だと気付く。真っ赤な目が今にも飛び出しそうなほど見開かれている。何が起こっているのか。どうして彼はこの一瞬で。

「田原さん」

座っている野崎がタブレットをこちらに向けた。画面の中、赤い髪の女性は土色の顔で目を閉じている。たくさんの花がその周りを囲んでいる。

「秀樹」

いつの間にか妻が野崎の隣に座っていた。首が変な方に曲がっている。ぱちぱちと叩《たた》く手は血まみれで、指がほとんどない。

「お義父さん！」

彼方《かなた》の金屏風《びょうぶ》の前で新郎が呼んだ。爽《さわ》やかな笑みでこちらに手を振っている。振り返った知紗が手を振り返し、丸太のような二の腕がゆさゆさと揺れる。

「さ、お父さん」

知紗が、甘えた声で言って手を差し出した。会場がどよめきに包まれる。

無数の嘲《あざけ》り笑いに取り囲まれている。好奇の視線に全身を貫かれている。汗だくなのに凍り付くほど寒い。今すぐ知紗を突き飛ばして逃げ出したくなるが、わずかな気力は周囲からの見えない圧力に潰《つぶ》され、踏みにじられる。

知紗が腕を絡めた。

「な、なあ」

朦朧《もうろう》とする意識の中で私は問いかけた。

「本当に君は俺の娘なのか。本当に俺は、君の父親なのか」

「もちろん」

知紗は嬉しそうに答えた。すぐ側のテーブルから銀色のナイフを手に取り、

「だってほら」

と、刃の側面を鼻先に差し出す。

あっ、と再び私は叫んでいた。

ナイフには顔の半分欠けた男が映っていた。口をあんぐり開け、片方の目でこちらを見つめている。頰も顎《あご》も服も血に染まり、欠けた断面からは割れた骨と千切れた筋肉が覗《のぞ》いている。姿見越しに見た男だ。スクリーンに映っていた男だ。つまりこの顔は、この顔は――。

「ね？　お父さんも凄《すご》いでしょ」

巨大な口だけの顔をした知紗が、誇らしげに言った。

理性の糸が切れるのが、感触で分かった。吐き気が喉《のど》奥から込み上げる。叫び出そうとした次の瞬間。

首筋を乱暴に摑まれ、凄まじい力で引っ張られた。

途端に視界が真っ暗になった。

どん、と背中に衝撃が走ったが、不思議なことに痛みは全くなかった。ふわふわと包み込まれるような感触が広がっている。見えているものが間接照明に照らされている天井だと気付き、私は自分が誰であるか、今どこにいるかを把握する。

私——田原秀樹は、アヴェニール・ロイヤルホテル東京の二階廊下に、仰向けに寝転がっていた。

何がどうなって私はこんな目に遭っているのだろう。疑問と困惑に苛《さいな》まれながら身体を起こすと、

「手荒な真似をしてすみません」

静かだがよく通る声がして、私は足を投げ出したまま振り返る。

髪を一つ結びにしたグレーのパンツスーツの若い女性が、私を見下ろしていた。かなり小柄なのが見上げる角度で分かる。特徴のない顔の中で濃い眉《まゆ》が目を引く。手にしたレジ袋の口からは、煙草のカートンが幾つか突き出ていた。

彼女はスッと屈《かが》んで私と目の高さを合わせると、

「気持ち悪くありませんか。身体のどこかに違和感があるといったことは？」

静かに問いかけた。少しも感情が読み取れない仏頂面が、目の前に迫る。かすかな煙草のにおいが鼻を突いた。

「……ないです」

私は正直に答えた。

「そう。よかった」

機械的に呟《つぶや》くと、彼女は立ち上がって歩き出した。そっちにはたしか大きな鏡が、と記憶が甦《よみがえ》る。彼女の姿を目で追って、私は「えっ」と声を上げてしまう。

姿見の鏡面は真っ黒だった。

光沢のない黒い物質で大部分が覆われ、ボコボコと不規則に隆起している。黴《かび》、いや——錆《さび》か。いずれにしろ記憶とまるで異なっている。思わず腰を浮かせると、

「近寄らないで」

女性が言った。小声だが強烈な気魄《きはく》が込められている、と思った時には動けなくなっていた。不自然な中腰のままその場に硬直する。

「あの、その鏡、いつの間にそんな錆だらけに」

「いつも錆だらけですよ。発掘された時から変わらないはず」

「はっくつ」

「ええ」

女性はちらりとこちらを見やると、

「一九七二年にインドの山奥で発掘されました。とある日本人留学生と現地の老人が、手品の練習中に偶然。現地の大学で研究しても来歴は一切不明でした。年代測定もできなかったそうです。鏡のような形をしているだけで本当に鏡かどうかも怪しい。未知の楽器だ、いや呪物《じゅぶつ》だ、玉座の背凭《せもた》れだ、といった説もあります」

黒手袋をした手でそっと枠に触れる。

「九〇年代半ばにこの鏡は行方不明になりましたが、三年前——二〇〇九年にアメリカで再び発見されました。カリフォルニア州にある有名な大邸宅、俗にネバーランドと呼ばれる家の倉庫で」

「な、なんで」

「鏡の中の男と何か始めたかったんじゃないですか」

謎めいたことを女性は言った。特に説明する様子もない。黙って見つめていると、彼女は「分からなければ結構です」とそっぽを向いた。

宿泊客らしい欧米人の集団が、不思議そうに私たちを見ながら通り過ぎていった。

「ええと、つまり……」

「この鏡には逸話があります。いえ、禁忌と言った方がいい」

再び彼女が話し始めた。黒手袋をした手で枠に触れる。

「まれに錆が消え、鏡面が見えることがある。だが覗いてはいけない。覗くと目が潰れるから。気が狂うから。最悪の場合、魂を吸い取られ死に至るから……大学の研究者や学生たちの間で噂になっていました。行方不明になってから発見されるまでの十数年の間にも、これに関わったと思《おぼ》しき人間のうち何人かが不審死を遂げている。信憑性《しんぴょうせい》の高いケースだけで十七人。最後の所有者が死んだのも或《ある》いは」

「そんな」

にわかには信じられない。子供だましのオカルト話だ。そう思いつつ私は一笑に付すことができずにいた。

私は間違いなく鏡を覗いた。鏡像を目にすることができた。そして見た。経験もした。奇妙で恐ろしくて不快で、おぞましく疎ましい、あの――。

私は自分の掌《てのひら》を見つめた。顔を上げて鏡を見、絨毯《じゅうたん》に視線を落とす。次いで女性を、再び絨毯を。

思い出せなかった。

具体的な記憶が欠落していた。覗き込んだ直後、恐ろしい目に遭った。そんな漠然とした記憶と感情以外、何一つ浮かばない。

「どうなさいましたか」

女性が訊《き》いた。私は混乱しながらも自分の頭の中のことを説明する。彼女は黙って聞いていた。私が話し終わっても無言で遠くを見ている。考え込んでいる。意を決して私は話しかけた。

「あのう、つかぬことを訊きますが、私はここで何を」

「これを覗き込んでいました。まじまじと顔を近付けて、枠を摑《つか》んで身体を屈《かが》めて」

目で鏡を示し、

「やはり引き剝《は》がして正解だったみたいですね」

何となく予測していたことを口にする。

足に力が入らなくなっていた。酷《ひど》く蒸し暑いが身体の芯《しん》は寒い。彼女の言うことは荒《こう》唐無《とうむ》稽《けい》だが突っぱねられない。否定できない。つまり私は、彼女が助けてくれなければ、あの鏡のせいで。

その場に尻餅《しりもち》をつきそうになるのを、何とか踏ん張って堪《こら》えた。若いベルボーイが大きな青い布を抱いて、泣き出しそうな顔でやって来るのが視界の隅に見えた。

「ご苦労様です」

女性が無表情で一礼した。てきぱきと指示を出して鏡を布で覆わせ、ビニールテープで縛らせ、部屋番号らしき数字を小声で告げる。ベルボーイは重そうに台車を押し、エレベーターの方に消えた。

「長話して申し訳ありません」

出し抜けに彼女が詫《わ》びた。何のことだか分からず困惑していると、

「お祝い事があるのでは？」

首を傾げ、目で私の服を示す。

礼服を見た瞬間に用件を——ここにいる理由をはっきりと思い出し、私は慌ててポケットからスマホを取り出した。

時刻は十二時三十分。

ここに到着してから、せいぜい十分しか経っていなかった。何から何までおかしい。変だ。狐につままれたような気分で突っ立っていると、女性が「では失礼」と歩き出し

た。途端に疑問が湧く。

「待ってください、いったい何がどうなって私はこんなことに」

「お気になさらず」彼女は振り向かずに答えた。「怪我も体調不良もないし、私が見たところ何かに憑《つ》かれてもいない」

「いやいや、それじゃ全然納得がいきませんよ。ご存じなら教えてください。ざわざわして全然落ち着かない」

　正直に胸の内を伝え、端的に乞《こ》う。女性が足を止めた。ガサリとレジ袋が鳴る。小さな背中を見つめていると、彼女は半分だけ振り向いた。

「浄玻璃鏡《じょうはりのかがみ》をご存じですか」

「へっ？　いや、全然」

「では閻魔《えんま》様の鏡と言い換えます」

　子供の頃に親しんだ言葉に虚を衝《つ》かれ、私は言葉を失った。懐かしい記憶から情報をたぐり寄せる。

「……あれですよね、地獄に、それこそ閻魔大王の傍らに置いてあって、死者の罪を映し出すっていう」

　だから閻魔大王に嘘を吐いてもすぐに見抜かれ、舌を抜かれてしまうのだ。祖母にそう教えられた記憶がある。嘘を吐いてはいけない。そういう寓意《ぐうい》があるのは子供の自分でも分かった。

「ええ。過去の罪だけでなく未来の姿も、当人だけでなく親族や友人知人の過去未来も見えるとか」

女性はこちらに向き直ると、

「要するに浄玻璃鏡は真実を映し出すのですよ。見たくない自分も、見て見ぬふりをしている自分も、忘れたはずの経験も悲惨な末路も。全て克明に、残酷に」

どこか冷めた目で、

「そんなものを正面からまざまざと見せつけられたら、人間は正気を保てなくなるのかもしれませんね。或いは生命活動を維持できなくなるのかも」

と言った。

何の話をしているのだろう。架空の鏡について解説して、どうなるというのだろう。想定外の言葉にぽかんとしていると、彼女は「下らない話ですみません。では」と一瞬だけ済まなそうな顔をして、その場を立ち去った。

「ただいま」

真っ暗な廊下に向かって声を掛けると、「おかえり」と声が帰ってきた。電気が灯《とも》り、突き当たりのドアが開き、妻がお腹を抱えて現れる。朝と同じ寝間着姿だった。どこか晴れやかな顔をしている。

引き出物の紙袋を床に置き、酔いでふらつく足を進めて私は彼女に問いかけた。

「どうしたの」

「うん」

彼女は踵《きびす》を返してリビングに向かい、「よいしょ」と、ちゃぶ台の上にあったメモ用紙を摘《つ》まみ上げた。

平仮名がいくつも書かれ、線で消されている。左下の二文字が花マルで囲まれている。げっぷを堪えながら私はメモ用紙を手にした。

花マルの中には〈ちさ〉と書かれていた。

「名前？」

「そう」

妻はすりすりと腹を撫《な》でる。

「色々考えてたら思い付いた。声に出してみたら、何かしっくりきたの。どうかな？」

「ちさ、か」

私は呟《つぶや》いた。

ふっ、と何かが脳裏をよぎって、瞬時に見えなくなった。感情の欠片《かけら》らしきものが胸で広がり、消える。どんな気持ちなのか分からないが、ただ気持ちだけがある。そんな感覚に襲われる。

「ちさ、ちさ、ちさ……」

可愛い名前だ。明瞭《めいりょう》な感情が湧き起こる。願望も芽生える。お腹の中の子を、私たちの娘を、この名前で呼んでみたい。

「ちさ」

妻のお腹に手をやると、かすかな振動が掌を伝った。

「答えてくれたね」

幸福な笑みを浮かべて、妻が言った。

「ああ」

私はうなずく。途端に頭に一筋の光が差す。ちゃぶ台のボールペンを掴んで、メモ用紙を裏返し、手を下敷き代わりに一気に書き上げる。

「この字はどう？　パッとひらめいたんだけど」

私はメモ用紙を妻に見せた。真ん中に大きく、

〈知紗〉

と書いてある。

「いいと思う」

即答だった。私の腕に手を絡め、「知紗ちゃん、いいね」ともたれかかる。

「知紗」

私は呼んだ。ぽん、と腹が震えた。

「田原知紗さん」

妻がかしこまって呼ぶ。再び振動が答える。胸一杯に広がる愛おしさに叫び出しそう

になりながら、私は目を拭《ぬぐ》った。これだけのことで泣きそうになっていた。

「披露宴どうだった？」

「まあ、普通かな」

「何か変わったことは？」

「特にない」

あったような気もするが思い出せない。知らない誰かと話した記憶もないではないが、顔も声も、どんな話をしたのかも忘れた。酒のせいもあるだろうし、正直どうでもいい。どうせ大したことではないだろう。

知紗。知紗。知紗。

私は立ったまま妻の腹を撫で、声と心で同時に呼びかける。

知紗。可愛い名前だ。知紗。知紗。

呼びかけはいつしか祈りに変わっていた。神に仏に天に祈っていた。

可愛い子に生まれてほしい。

格別美人でなくてもいい。

そんな贅沢《ぜいたく》は求めない。

優れている必要はない。平凡でも構わない。いや、むしろそうあってほしい。

田原知紗が、どうか普通の子に生まれてきますように。

わたしの町のレイコさん

一

「怜二《れいじ》くんが見つかりました」

電話の向こうで刑事は言った。考える前に私は問いかける。

「息子は無事ですか？」

「命に別状はないそうです」

刑事は遮るように答えた。

「衰弱してはいるものの意識ははっきりしていて、受け答えもしっかりしていると」

発言の裏を探る。刑事がはっきり口にしていないことを頭の中で拾い上げる。どうしても想像してしまう。勘繰ってしまう。

「詳しいことはまだ分かりませんが、今は病院に搬送中です」

刑事の言葉で私の想像はさらに膨らんだ。

救急病院の名前と所在地を伝えて刑事は電話を切った。受話器を置くと背後に気配を感じた。振り返ると真理子《まりこ》が青ざめた顔で突っ立っていた。

私は彼女の肩を抱くと、

「命に別状はないって」

と言った。思っていることが口から出そうになって堪《こら》える。真理子は黙って私に寄りかかった。

午後十時の道路は幸いなことに空《す》いていた。助手席の真理子が身体を硬くしている。私は慎重に運転していた。思い切りアクセルを踏みたくなるのを抑えて、赤信号を無視したくなる気持ちを振り払う。

カーラジオから女性の歌声が聞こえていた。ここ最近よく耳にする、ピンク・レディーとかいう新進アイドルデュオの「ペッパー警部」だった。いつもは適当に聞き流せるのに、今は酷《ひど》く耳に障る。カーラジオを切ると重苦しい沈黙が車内に漂った。

病院の駐車場にはパトカーが一台停まっていた。受付で名乗ると疲れた顔の看護師はハッと目を見開き、「こちらへ」と小走りで私たちを導いた。

エレベーターで二階へ上り長い廊下を進む。遠くの大きな黒い人影は刑事だろう。その隣の小さい影は医師だろう。シルエットで何となく察しが付いたし、実際近付くと思ったとおりだった。二人は緊張した面持ちで私たちを見つめている。声を掛けようとしたところ、

「怜二は」

真理子が振り絞るように言った。「怜二はどうなってるんですか、話せるんですか、それとも」と、刑事にすがり付く。

「落ち着いてください、奥さん」

刑事は段取りのように口にすると、鋭い目で医師を一瞥《いちべつ》する。医師はボサボサの髪を

搔《か》き毟《むし》った。私に視線を向ける。

「とりあえず処置は終わりました。麻酔が効いているので、今は眠っています」

「どういう意味でしょうか」

私は訊《き》いた。怜二は生きている、死ぬことはない。そこまでは分かる。知りたいのはその先だ。

「怪我ですか。怜二はなにか大きな怪我を」

もう黙っているのは耐えられなかった。真理子が泣きそうな顔で私と医師を交互に見つめている。刑事が無表情で医師にうなずいた。

「息子さんはですね――」

医師は姿勢を正して、怜二の怪我について説明した。端的に、明快に。

「ああっ！」

真理子が悲鳴を上げてその場にしゃがみ込んだ。顔を押さえて嗚咽《おえつ》している。私は身動き一つできず、ただ黙って彼女を見下ろしていた。

「現場には怜二くん以外誰もいませんでした。犯人は逃走したものと思われます、既に近隣の捜査と交通規制を……」

刑事の事務的な声が遠くから聞こえていた。

怜二が学校帰りに行方が分からなくなって三日。眠ることもできず仕事も休み、私はただひたすら無事を祈った。妻の真理子も何とか気丈に、理性的に振る舞っていた。

そして怜二は助かった。遺体と対面するという最悪の展開にはならなかった。でも私はまるで喜べなかった。安心できなかった。心を覆っていたのは絶望だった。そして疑問だった。

何故「犯人」は怜二を殺さなかったのか。どうして命を奪うよりはるかに残酷な仕打ちをしたのか。どんな理由で、何のつもりでこんな酷いことを、私の愛するたった一人の息子に。まだ十一歳の怜二に。

呻《うめ》き声が自分の口から出ている。視界が滲《にじ》んでよく見えない。

「おおお、おお……」

私は泣いていた。冷たい床にうずくまり、頭を抱え、叫び出しそうになるのを必死で堪えながら。

二

名残惜しそうな匠《たくみ》と駅で別れて家に戻ると、玄関に白いナイキのスニーカーが転がっていた。誰のものかすぐに気付く。もやもやした気持ちが一瞬で消える。

廊下の向こうから「ふああ」と欠伸《あくび》が聞こえた。

大急ぎで靴を脱いで廊下を走り抜け、和室の襖《ふすま》の前で立ち止まった。普段はたいてい開けっ放しなのが今は閉じている。中で畳を擦る音もする。

一気に襖を開け放つと、六畳間の真ん中に長い髪の女性が寝そべっていた。白いG-SHOCK、穿《は》き込んだジーンズ。黒いTシャツには眼窩《がんか》からミミズを垂らした、ゾンビの顔写真がプリントされている。はっきりした顔は母さんによく似ていた。そしてほんの少しだけわたしにも。

「弥生《やよい》ちゃん！」

わたしは思わずそう呼んでいた。弥生ちゃんはパッと上体を起こすと、

「久しぶり、飛鳥《あすか》」

と笑顔になった。湯刈《ゆかり》弥生、母さんの妹、わたしの叔母《おば》だ。歳は三十三歳のはずだけれど、二十代でも通じるほど顔も恰好《かっこう》も若々しい。一児の母とは思えないほどだ。

彼女の挨拶《あいさつ》がおかしいことに遅れて気付いた。久しぶりではない。つい先月にも来たばかりだ。

「また旦那《だんな》さんと喧嘩《けんか》したの？」

「うん」

弥生ちゃんは簡潔に答えた。笑顔に一瞬影が差す。余計なことを訊いてしまった、とわたしは心の中で悔やみながら、そっと和室に足を踏み入れた。

弥生ちゃんはよく夫婦喧嘩してこの家に転がり込んでくる。理由は直接聞いていないけれど、母さんの話によると仕事と家庭の両立が難しく、それで旦那さんと揉《も》めるらしい。何とかという人気オカルト雑誌の編集をしながら娘を育てるのは大変なのだそうだ。

「とりあえずお姉——あんたのお母さんとは六泊七日で話がついた。またしばらくお世話になるよ」

　明るく言う弥生ちゃんを見ていると心が痛んだ。

「いいよ全然」わたしは彼女の前にしゃがんで、「その代わり聞かせてよ、怖い話」と強引に話を変えた。そのまま顔を近付ける。

「オカルト誌の編集してたらいっぱいあるでしょ。夜中に会社にいたら変な声が聞こえたとか、取材で心霊写真が撮れたとか」

　弥生ちゃんの綺麗《きれい》な顔が目の前に迫る。彼女はフッと鼻を鳴らすと、

「ありがとう、飛鳥」

　わたしの頭を撫《な》でて、「よいしょ」と声を上げて立ち上がった。わたしは思わず「いえーい」と両手を挙げた。これで弥生ちゃんの沈んだ顔を見ないで済む。それを抜きにしても、彼女から怖い話を聞くのは楽しみだった。


　父さんと母さんは亜紀《あき》ちゃん——弥生ちゃんの娘と買い出しに出かけたらしい。弥生ちゃんは三人を見送ってすぐ寝てしまい、わたしが帰宅する直前、五時過ぎに目が覚めたという。

「デート？」

　二階の部屋のベッドに胡坐《あぐら》をかくなり弥生ちゃんが訊いた。「匠くんだっけ」とポケ

ットから煙草のケースを引っ張り出す。

「うん」わたしは窓を開けながら答えた。「暗くなる前に帰って来た。最近ちょっとがっついてるから、あいつ」つい早口になっていた。それでも親には言えないことを言葉にできていた。

机の抽斗《ひきだし》から灰皿を引っ張り出して、弥生ちゃんに差し出す。

「よーく話し合いなね」

灰皿を受け取りながら弥生ちゃんが言った。軽い口調で、でも真顔で。

「勢いですることじゃない。まして飛鳥が嫌々することでもない」

わたしはうなずいて椅子に腰かけた。弥生ちゃんは微笑を浮かべて壁にもたれる。

「仕事の話でもいいかな。こないだ編集部で雑談した時に、ちょっと盛り上がった話」

「うん」

沈みかけていた気持ちがまた浮き上がる。仕事の話も楽しい。思わず口元が綻《ほころ》ぶ。弥生ちゃんは煙草に火を点《つ》けると、

「後輩の若い子が関西出身なんだけどね、和歌山だったかな。その子が中学の頃、例に漏れず『トイレの花子さん』の都市伝説が流行《はや》ったんだって」

「うん」

「でね」軽く吸って煙を吐くと、「基本的にはよく聞く話の範疇《はんちゅう》だよ。女子トイレの三番目のドアを叩《たた》いて呼んだら返事があって、みたいな。でも一つだけ独特なのがあった

——この話を人に伝える時、『花子さん』って名前を口に出したらすぐ『ごめんなさい』って十回謝らないといけない。さもないと花子さんに呪われて死ぬ——」

「何それ」

鼻から変な息が出た。聞いたことがないし奇妙だ。

「せわしないね。誰かに教えるたびに何十回も謝らないといけないの？」

思ったことを率直に言う。弥生ちゃんは「そう、でも」と煙草をくゆらせて、

「同級生の子たちはいろいろ工夫してたって。ずっと名前を伏せたまま伝えて、最後の最後に『その子の名前は花子さん』って明かすとか。で、そこで十回謝る」

「それもめんどくさいよ」

わたしは苦笑しながら、「まあでも、小学生の時に聞いたら怖いかもね。ほんとに呪われそうで」と背もたれに寄りかかる。そこは何となく分かった。ただ手数を増やしているわけではない。

弥生ちゃんはうんうんと何度もうなずいて、満足そうに煙草を吹かした。

「そう。この手の話は明け透けに語るより隠した方がもっともらしく聞こえる。実際にありそうに思えるわけだ。これは怖がらせ方としては決して間違っていない。というより基本だよ。秘匿する、或《ある》いはタブーを設けることでリアリティを出す」

口調は真剣なものに変わっていた。エンジンがかかっている。わたしはつられて前のめりになった。

「この話が周到なのは、〝謝れば済む〟ってルールも付け加えて、〝花子さん〟って名前を隠すと同時に伝わるようにしている点だね。怖がるあまり最後まで隠して伝える子もいただろうけど、大多数の子は謝りながら伝えることを選んだ。だからこそ後輩も認識しているわけだ。これが『トイレの花子さん』のバリエーションの一つだって。どこの誰がアレンジしたか知らないけどなかなか賢いね。都市伝説の面白みが〝伝わり広まること〟そのものにあると理解している」

弥生ちゃんは一気に言って煙草を咥《くわ》えた。

「……いろいろ工夫してるんだね。どこかで誰かさんが」

「そうだね。それがたくさんのバリエーションを生んでいる。広まらずに途絶えたのも含めると膨大な数になるだろうなあ、トイレの花子さんだけでも」

「っていう話を編集部でしてたの？」

「うん。いい大人が深夜にね。まあそれが仕事だけど」

「他には？」

わたしは訊《き》いた。花子さんの話一つだけで心が晴れていた。弥生ちゃんはスパスパ煙草を吸いながら、「そうだねえ」と遠い目をした。

「そこで『カシマレイコ』に話が移ったのかな、たしか」

灰皿で揉み消すと二本目を摘《つま》む。

「これも全国に伝わる話だね。カシマさん、あるいはカシマレイコさんって名前。特徴的なのは〝話を伝え聞いた人のところへ現れる〟って点だね。その時にレイコさんがする質問に正しく答えなければ、カシマさんと同じ怪我を負わされる――カシマさんはね、どのバリエーションでも基本的に、身体のどこかが欠損してるんだよ。片脚が無いっていうのが一番多いのかな」

「へえ」

「電車に轢《ひ》かれるなりして切断したって話がメジャーだね。傷痍《しょうい》軍人、つまり男性の場合もある。どっちにしろ脚がない。彼ら彼女らが来たら脚を持っていかれる。質問にちゃんと答えたら何もせずに帰ってくれる。胴体で切断されて下半身のない『テケテケ』との関係を指摘する説もあるね。今公開してる映画の『学校の怪談2』だとカッパだかサルだか分かんない妖怪《ようかい》みたいな造形だけど」

わたしは彼女の言葉に耳を傾ける。この話は知っている。似ている。

「これも無数のバリエーションがある。後輩の一人の地元では両脚が無かったそうだよ。ここまで来るとテケテケとほとんど一緒だ。同期が通ってた高校には加島《かしま》って子がいて、その子の妹が麗子《れいこ》だったそうでね。まああることないことみんな噂してたってさ」

言葉が途切れた隙を狙って、わたしは言った。

「うちにもあるよ」

「ん？」弥生ちゃんの目が一瞬で鋭くなった。

「バリエーションだと思う、カシマさんの」

わたしはそう答えた。弥生ちゃんが表情だけで先を促す。彼女のように上手《うま》く説明できるだろうか。わたしは「えっとね」と呼吸を整えて、

「伝わってるのはレイコさんって名前だけ。名字は分からない」

「珍しいね。たいてい逆なんだけど」

「あと男の人」

「それもマイナーと言えばマイナーだね」

打てば響くとはこのことか。でも肝心なことをまだ伝えていない。わたしは無意識に椅子から立ち上がってベッドに手を突いた。

「正確にはオカマ」

「は？」弥生ちゃんの顔が険しくなった。

「さっき言ってたよね」わたしは声を潜めて、「欠損してるって。この辺で聞くレイコさんはアレが欠損してるの。だからオカマ」

「……ちんちん？」

「うん」

弥生ちゃんは「何それ」と呟《つぶや》いた。

「だから持ってかれるっていうか、切り取られるのもアレ。包丁で」

わたしはそう補足する。彼女の顔が大真面目になっていた。「それでそれで」と腰を浮かす。思いのほか食い付いている。わたしははやる気持ちを抑えて、

「ある男の子がね、変質者に襲われて切られたんだって。それでその子はずっと家から出ないまま大人になったの。それである日おかしくなって包丁で親を殺して、家を飛び出してそのまま行方不明になったんだって。どっかで自殺したって説――バリエーションもあるよ。家を出る時に女の人の恰好《かっこう》してたってバリエーションも。で、この話を聞いたら来ますってとこからは一緒」

「品のないアレンジだね」

しかめっ面で弥生ちゃんが突っ込んだ。すぐに、

「派手にはなってるけど人から人へ伝わりにくい。その設定だと男性のところにしか来ないってこと？　女性からは切り取れない」

「分からない」わたしは首を振った。「女の人が聞いたらこうなるって話も知らない」

「細部が甘いなあ」

弥生ちゃんは苦笑しながら、

「そもそもなんでその人はレイコさんなの？　元々は男だよね、当然」

「それも分からない」

わたしはベッドに倒れ込む。「言われてみたら確かに甘いね、いろいろ」と言葉が口を衝《つ》いて出る。弥生ちゃんは鋭いな、と感心していた。同時に近所に伝わる「オカマのレイコさん」が、程度の低いバリエーションと分かってがっかりしていた。

顔を上げると、弥生ちゃんは天井を見上げて腕を組んでいた。ううん、と呻《うめ》き声を漏

らす。何事か考えている。こうなってしまったら何を言っても聞こえない。

まあいいか、とわたしは彼女の渋い表情を眺めた。どうせ全部話したところで「オカマのレイコさん」の評価は変わらないだろう。

三

都心で打ち合わせを終えて駅に向かう。ホームで待っていると、ベンチの後ろに並んだ映画のポスターが目に留まった。『タクシードライバー』、そして『犬神家の一族』。水面から突き出した二本の足を見ていると胸がむかつき、私は線路に視線を落とした。混み合う電車に乗っていると、不意に悲しみに襲われた。口を押さえ、溢《あふ》れ出す涙をぎゅっと目を閉じて抑え込む。ゆっくり深呼吸して感情を落ち着ける。

顔を上げるとすぐ前に立っていた女性が目を逸《そ》らした。

最寄り駅から家までの道のりは酷《ひど》く長く感じられた。アスファルトの歩道は暗い溝川《どぶがわ》のように見えた。進めば進むほど沈んでいくような、そのうち飲み込まれて溺《おぼ》れ死んでしまうような気がした。

何度も立ち止まって電柱に寄りかかり、息継ぎをして何とかマンションへ辿《たど》り着く。

エレベーターの扉が閉まり重力を感じると途端に吐き気に襲われる。

エレベーターを降りて何度もえずきながら、私は暗い廊下をのろのろと歩き自宅の前で足を止めた。ただ帰宅するだけで体力が奪われ神経がすり減っていた。

怜二が退院して三ヶ月。治まるどころかますます酷くなっている。

私は両手でドアを開けた。

玄関には灯《あか》りが点いていた。「ただいま」と嗄《か》れた声で言うと、廊下の奥のリビングから真理子が顔を覗《のぞ》かせた。

「おかえりなさい」

口調も表情も落ち着いてはいる。だが心の中は混乱しているだろう。絶望しているだろう。顔色が悪いのはこの距離でも分かった。

靴を脱いだところで、廊下の真ん中にあるトイレから水を流す音が響いた。私は無意識に動きを止めていた。視線はトイレのドアから離せない。

音もなくドアが開いた。水音が一際大きくなる。現れたのは黒いジャージ姿の怜二だった。伸びた髪をかき上げる。こちらに気付いて、

「おかえり」

幼い声で言った。声変わりはしていない。この先もしないのかもしれない。いずれにせよ怜二はもう一人前の男性にはなれないのだ。

胸が張り裂けんばかりに痛んだ。

「どうしたの？」

怜二が首をかしげて訊いた。私はいつの間にか胸を手で押さえていた。「いや、何で

もないよ」と作り笑いで答える。怜二は不思議そうに私を見つめていたが、やがて、

「ああ」

小学生ながら整った顔に力なく笑みを浮かべると、

「もう慣れたよ。痛みもなくなったし」

そう言ってドアを閉じた。すたすたとリビングへ向かう。

気丈に振る舞う怜二。その閉ざされた未来を思いながら私は彼の後へ続いた。

四

午後十時半。ベッドでごろごろしていると階下でドアの開く音がした。わたしはパッと跳ね起きて部屋を飛び出し、階段をそろそろと下りる。

手すりから身を乗り出すと、暗い玄関で弥生ちゃんが靴を脱いでいた。

「おかえり」

わたしは囁《ささや》き声で呼びかける。明日《あした》には彼女は帰ってしまう。「これからはあんまり来ないようにする」とも言っていた。だから今夜は話したかった。話題は何でもいいから弥生ちゃんとずっと。

弥生ちゃんは「ただいま」と低い声で答えた。

「みんな寝てるよ」

声をかけると彼女は無言でうなずき返して、

「起きててよかった。話がある。いい？」

と訊《き》く。好都合だ。

「もちろん」わたしは階段を下りると、「じゃあお飲み物をご用意します」と台所に向かった。

　コーラのボトルとコップ、そして弥生ちゃんの好きなカップ酒を手に部屋に戻ると、彼女はまたベッドで胡坐《あぐら》をかいていた。銀色の真新しいＰＨＳをバッグに仕舞い、紙を挟んだクリアホルダーを取り出す。

「はい」とカップ酒を差し出すと、

「ありがと。気が利くね」

　弥生ちゃんが白い歯を見せて笑った。

　乾杯して喉《のど》を潤すと、彼女はクリアホルダーから何枚かの紙を引っ張り出した。

「こないだ聞いたレイコさんの話だけどさ。あれ、ああいう内容になった経緯が分かったよ」

「調べたの？」

　わたしは目を見張った。頼んでもいないし一週間も経っていないのに。

　彼女は手にしたコピーのうち一枚を、パラリと音を立てて掲げた。

「ちょうど二十年前、一九七六年九月十日の東西新聞の記事。杉本《すぎもと》って会社員の、小学五年生の息子が誘拐されて三日後に保護されている。見つかったのはそっちの」

　窓に視線を向けて、

「山の中腹にあるプレハブ小屋だって。命に別状はない、と書かれてる。犯人は逃走中。大手新聞の記事はこれで全部だけど」

　別のコピーを掲げる。

「当時の週刊誌にはこうある。『息子は性器を切断されていた』ってね。酷いキャッチだよ、『無残！　小五阿《あ》部《べ》定《さだ》事件！』『神様、ボクのおチ○チ○を返して』だってさ」

　苦虫《にがむし》を噛《か》み潰《つぶ》したような顔で言った。

「……そうなんだ」

　わたしはそうつぶやいていた。信じられない思いで目の前の滲《にじ》んだ記事を眺めていた。

「極めつきはこのニュースだ」

　弥生ちゃんは別の紙を掲げる。

「一九八〇年八月十七日。同じ山にある池で投身自殺があった。亡くなったのはこの町に住む十五歳の男子中学生。名前は――杉本怜二」

「う……うそ」

「遺書が見つかってるけど詳しい内容は分からない。『人生について悩んでいる旨の記述があった』だけだ。確定じゃないにせよ勘繰ってしまうね。そして結び付けてしまう。つまり」

ここで言葉を切る。鋭い視線をこちらに向けると、

「レイコさんのモデルは高い確率で実在した。変質者にちんちんを切除されて、それを苦に自殺した男の子はね」

　想像したとおりのことを口にした。わたしは無意識にうなずく。

「カシマレイコが伝わったのはもっと後、早くても八〇年代の半ばくらいかな。そこで事件の情報と都市伝説は融合した。この街の知らない誰かさんが、事件をメインにオカルト要素を付け足したんだ。それがこの辺に伝わるオカマのレイコさんってわけ。細部が甘いのも当然だよ。ただ無節操にくっ付けただけだから。でもまあ、だからこそこうやって元情報を辿ることができたんだけど」

　弥生ちゃんはひらひらと記事のコピーを扇《あお》いだ。わたしは呆然《ぼうぜん》と彼女の顔を見つめていた。この辺りに伝わるオカマのレイコさんの都市伝説が、鮮やかに解き明かされていた。実際に傷付けられ自殺した子がいると分かって、胃がずしりと重くなっていた。

　血《ち》飛沫《しぶき》と血だまりが頭に浮かんだ。脚の間を押さえて呻く男の子――。

「これ、記事にするかもしれない。大きくは無理だろうけど」

　弥生ちゃんが喋《しゃべ》っていた。思い出したようにカップ酒をあおる。

「飛鳥のおかげだよ。ありがとう」

　嬉《うれ》しそうに言う。

「ううん、全然」わたしは妄想を振り払った。お礼を言うのはこっちだ。弥生ちゃんと

話せたことはもちろん、彼女の仕事に少しでも貢献できて嬉しかった。

「ちゃんと調べたら面白いでしょ？　子供の頃に聞いた話でも」

弥生ちゃんはそう言って、再びカップ酒を飲んだ。

えっ、とわたしの口から声が漏れた。苦笑いが勝手に浮かぶ。

「こ、子供の頃？」

そう問いかける。誤解だ。弥生ちゃんは勘違いしている。

「違うよ。今の話だよこれ。今通ってる高校で聞くの」

弥生ちゃんの目がこれ以上ないくらい見開かれた。すぐに「あっ」と頭を抱える。

「うっかりしてた。てっきり昔の話だと……あーっ」

心底悔しそうに髪の毛を掻《か》き毟《むし》る。わたしは慌てて、

「ご、ごめんね、言ってなかったかも」

「いやあ飛鳥は悪くないよ全っ然悪くない、わたしの思い込み」

丸くなって拳《こぶし》でベッドを叩《たた》く。

「あのね」彼女をなだめようとわたしは必死で言葉を探した。「もう一個、ちゃんと言ってないことがあって。こないだ弥生ちゃん途中で考え込んでたから」

「まだ何かあるの？」

すぐさま弥生ちゃんが顔を上げた。

「うん」わたしはほんの少しだけ安堵《あんど》しながら、「何人も見てるの。わたしはないけど

クラスの子とか、あと匠も一回。この辺りを女装した男の人がウロウロしてるって。ナイフだか包丁を持ってたって話もある。それがオカマのレイコさんだって話も当然」

「……何それ」

弥生ちゃんはぽかんと口を開いてわたしを見つめた。

「偶然か？　それか本物の、いやそれはないか、でも」

ぶつぶつと呟《つぶや》く。

彼女を見ているうちに心の中に火が灯《とも》った。考えるより先に訊いていた。

「調べようか？」

言った瞬間、頭の中にまた血飛沫と血だまりが浮かんだ。

五

「見つかりました」

電話の向こうで刑事は言った。考える前に私は問いかける。

「無事ですか、息子は――」

「すぐお越しください。ご確認いただきたいので」

遮るように言うと、刑事は救急病院の名前と所在地を告げた。

受話器を置くと、「どうだったの」と背後で声がした。ソファに浅く腰かけた真理子が真っ青な顔で私を見上げていた。

目の下の痣《あざ》が痛々しい。震える両手には包帯が巻かれていた。

「確認してほしいと」

私は端的に答えた。それだけで伝わったのだろう。真理子は唇を噛んで俯《うつむ》いた。

車を運転している間、私は何も言わなかった。助手席の真理子も無言だった。午後十時の道路は空《す》いていた。思い出していたのは四年前、怜二が山のプレハブ小屋で発見されたときのことだった。今向かっている病院はあの時と同じだ。だが心持ちはまるで違う。あの時は焦りと不安を感じていた。一方で安堵もしていたし希望も抱いていた。怜二が生きていてよかったと。全てが元に戻ったら仲良く過ごそうと。どこに連れて行ってやろうか、どんな会話をしようか。ざわつく心の片隅でそんな空想さえしていた。夢を見ていた。

夢は病院で粉々に打ち砕かれた。

死より残酷な苦しみを怜二に与えた犯人は、まだ捕まっていない。昨年春に隣の県で「らしき」人物が自殺した、とは警察から聞いていたし、わずかながら報道もされていた。母親と二人で暮らしていた無職の三十男。自室で首を吊《つ》っていたという。室内にはオカルトの研究書が積まれ、無数の瓶には蛾や芋虫の死骸《しがい》が詰まっていたそうだ。そして一際目立つところに置かれた瓶に入っていた組織は、どうやら人間のものらしい。腐敗が著しく鑑定はできなかった。

男性が犯人かどうか確かめるのは困難というわけだ。しかし警察から話を聞いても報道を見ても、私は何の感慨も覚えなかった。考えたのは怜二のことだけだった。失われた彼の人生、閉ざされた未来のことだけ。

あれから何度も怜二と話した。残酷な真実について伝え、苦しみ抵抗する怜二を時に強く厳しく諭した。そして怜二は理解した。自分自身のことを。

彼が真理子と口論になり、家を飛び出したのは三日前のことだった。真理子は殴られ包丁で手を切られたが、幸いなことに軽傷で済んだ。怜二は母親を殺すつもりも、他の誰かを傷付けるつもりもなかったのだろう。包丁はマンションのすぐ近くに落ちていた。

病院の駐車場にはパトカーが停まっていた。

若い看護師に個室へと案内される。真理子が包帯を巻いた手で私の腕を摑《つか》む。

ベッドの上には布団を首まで被《かぶ》った誰かが寝ていた。顔には白い布が掛けられている。

傍らに刑事と医師がいた。

いくつか言葉を交わすと医師が「では」と事務的に布に手を掛け、そっと捲《めく》った。

蠟人形《ろうにんぎょう》のような怜二の顔が現れた瞬間、真理子がわっと声を上げてその場にうずくまった。

私は無言で息子の遺体を見つめていた。目は閉じられ、口はわずかに開いている。

「プレハブ小屋から少し……池……発見……」

刑事の声が遠くからしていた。

六

「ウソじゃねえよ」

匠は即答した。廊下の壁にもたれる。

「学校の裏の道歩いてたし、スネ毛ボーボーだったから絶対に男だって。体形もゴツかったし」

「暗くてそこまで分かるの？」

わたしは匠を見上げた。匠は不機嫌そうに鼻を鳴らして、「すれ違ったから」と返す。

昼休みの高校。わたしは匠に、徘徊《はいかい》する不審なオカマについて訊《き》いていた。

「またあれか、弥生ちゃんか」

匠はぼりぼりと頭を掻く。

「うん」わたしは近くの窓枠に腕を掛けると、

「レイコさんのこと調べて教えてくれたんだけどさ。知りたい？」

「知りたくないって答えても話すんだろ」

うんざりした顔で匠は黙った。聞くつもりはあるらしい。わたしは事件と都市伝説のあらましを語って聞かせた。終わりに差し掛かった頃、匠の視線がわたしの口や胸元に向かっているのに気付く。ルーズソックスを履いた脚にも。

「聞いてる？」

「ああ」匠はがばりと壁から身体を離すと、「要はあれだろ、俺とか他のやつが見たオカマは何なのかって話だろ。レイコさんと全然関係ない、ただの不審者ってだけかもしれない。ていうか実際そうだろ」

　頬のニキビを掻いて、

「その怜二ってやつが死んだの、十五歳くらいの時だろ？　俺が見たのはもっと大人だ。おっさん、いやジジイかも」

「うーん」

　わたしは窓枠に顎《あご》を乗せて曇り空を見上げた。辻褄《つじつま》が合わない。だから別モノだ、無関係だという匠の言い分は正しいけれど納得できない。情報が少なすぎるせいだ。

「手伝ってよ」

「は？」匠が片眉《まゆ》を上げる。

　わたしは決意を込めて言った。

「弥生ちゃんみたいに調べるから」

　わたしは匠と一緒に生徒から目撃情報を集めた。事細かに、あやふやなところは全部突っ込んで聞き出した。露骨に嫌な顔をされたり突っかかられたりもした。

　それでも何とか聞き出すことに成功したのは、匠のおかげだ。怖い先輩を前にしても彼は堂々としていた。緊張していたのは端《はた》で見て分かったけれど嬉《うれ》しかった。中学の卒業式で勇気を出して告白してよかったと思った。

　大半の生徒は「人から聞いただけで自分は見ていない」と答えた。直接目にしたいわゆる一次情報は、匠を除けばたったの五件だった。思ったよりはるかに少なかった。目撃地点は学校の裏が二件。そこからほど近い住宅街で一件。山のふもとが一件。もう一件は近所のスーパーの駐車場だった。時刻は全て午後九時から十時半の間。意外に早い。

　包丁を持っていた、という証言は創作だった。三年の男子生徒が「作った」と正直に告白した。そっちの方がレイコさんっぽいから、という単純な理由だった。同級生に「作った」話を伝えたのは春先のことらしい。

　決して広いとは言えない学校内で、噂話が短期間で変化している。弥生ちゃんがどうしてオカルト雑誌で働いているのか、ほんの少し分かった気がした。

　でもこれでは足りない。弥生ちゃんはきっと納得しない。

「飛鳥」

　午後九時半。スーパーの駐車場で待っていると、背後から匠の声がした。

「いたか？」

　彼は白い息を吐いて訊いた。ジャケットのポケットに手を突っ込んで寒そうに身体を縮める。わたしは首を振って答えた。

徘徊するオカマの目撃された場所を、目撃された時間に巡る。そう決めたのは一昨日《おととい》のことだった。

「親には何て言ったんだ？」

「ファミレスで勉強。サキちゃんたちと」

「へえ」と匠は言った。わたしの身体のあちこちを見ていることに目の動きで気付く。スカートは止めておけばよかったと今さらになって悔やんだ。

わたしは適当に声をかけて歩き出した。匠がすぐさま横に並んだ。

住宅街から国道へ向かい、学校の裏の道へ差し掛かる。人通りはなく街灯も少ない。隣を歩く匠の息遣いと、足音だけが耳に響く。

街灯の前で足を止めると、匠は「ここ」と言った。

「ここですれ違った。背は俺と一緒くらいで、手ぶらで」

説明を聞きながらわたしは周囲を確認する。意外と明るい。これなら女装の男性か本当の女性か、区別できなくはない。

誰も来る様子はない。わたしは匠に呼びかけて足を進めた。

家々が立ち並ぶ住宅街を歩く。時折会社帰りと思われる人とすれ違うが、不審な人影は見当たらない。生徒が目撃した辺りにも誰もいなかった。すぐ前の家の窓が暗くなる。就寝の時間らしい。

いつの間にか手がかじかんでいた。

「寒いね」

そう口にして手を擦《こす》り合わせる。

匠が不意にわたしの手を摑んだ。そのまま自分の手と一緒にジャケットのポケットに捻《ね》じ込む。

ポケットの中は生温かく、彼の手はじっとりと汗ばんでいた。感情のない目がわたしを見下ろしていた。

「どうした？」

匠が訊く。鼻息が聞こえたような気がした。

「……ごめん、離して」

作り笑いが浮かぶのが分かった。ゆっくりポケットから手を抜こうとすると、匠がひときわ強く握り締めた。汗のぬめりに鳥肌が立つ。

激しく後悔していた。ずっと気を付けていたのに、レイコさんに夢中になって忘れていた。

「何びびってんだよ」

低い声でまた匠が訊いた。

「今さら何言ってんだ。夜に会うって時点で――」

「止めて」

わたしは咄嗟《とっさ》に彼の手を振りほどいた。後ずさって間合いを取って、

「まだその、無理だから」

取り繕って言う。無理と言うより嫌だ。基本不機嫌そうだけれど優しくて頼もしい匠が、たまにこんな風になるのが嫌だ。匠が正しくて拒否するわたしがおかしい、そんな雰囲気になるのも。

小学生みたいな言い草に耐えられずわたしは両耳を手で覆った。

「またそれか。お前弥生ちゃんが死ねって言ったら死ぬのか」

「や、弥生ちゃんも話し合えって」

「いいだろ」

匠が一歩わたしに近付いた。わたしはまた一歩後ずさる。怖い、嫌だ、逃げ出したい。どうして男子は、男の人は。匠でさえこんな風に。

不意にレイコさんのことが頭に浮かんだ。弥生ちゃんの言っていた事件のことも。血《ち》飛沫《しぶき》と血だまり。その真ん中に音を立てて落ちる血塗《ちまみ》れの――

匠の肩越しに白い影が動いているのが見えた。

コツ、コツ、と足音が耳に届いた。

数メートル離れたところを、白いコートを着たぼさぼさの長髪の人物が、俯《うつむ》きながら歩いていた。荷物は持っておらず手は身体を抱くようにしている。ヒールに慣れていないのか足取りは覚束《おぼつか》ない。

匠がわたしの視線に気付いて振り返った。はっと息を呑《の》み、すぐさま背を向けてわたしを隠すように立った。

不審者はふらふらと角を曲がって見えなくなった。息を止めていたことに気付いて慌てて冷たい空気を吸い込む。

「……今の？」

わたしは震える声で、「匠が見た人？」と訊《き》いた。

匠は半分だけこちらに顔を向けると、大きく一度うなずいた。

「飛鳥は帰れ。危ないかも」

緊張した面持ちで言って、ゆっくり不審者が向かった方へ歩き出す。わたしは慌ててその後を追った。匠は一瞬嫌そうな顔をしたけれど何も言わなかった。

遠くに白く長い影がぼんやりと見えていた。


不審者は山へ入った。コンクリートで雑に舗装された道を上っていく。予想はしていたけれどいざ目の当たりにすると緊張が走った。匠が張り詰めた顔で不審者の背中を見つめていた。

足音を立てないようにして後に続く。小さな白い影を見失わないように、でも近付き過ぎないように。自分と匠の息遣い、風で木々が鳴る音だけが聞こえていた。

中腹まで差し掛かったところで、白い影は脇の獣道へと消えた。走りたくなるのを堪《こら》えて歩いて追いかける。

獣道の入り口に辿《たど》り着いた時には、白い影は見えなくなっていた。ただざわざわと草木が揺れている。道の先は暗くて見えない。

わたしはコートのポケットからペンライトを取り出した。グリップの根元を捻《ひね》るとパッと細い光が匠を照らす。彼は目を細めて身振りで「下ろせ」と指図した。

不審者に気付かれないよう少し先の道だけを照らしながら、わたしたちは獣道を進んだ。道は狭く匠は半歩前を歩いている。土と落ち葉と石ころを踏みしめながらわたしは雑念を追い払おうと必死になっていた。草むらから不審者が飛び出して来るのではないか。或《ある》いはいつの間にか背後に回り込まれて、声を掛けられるのではないか。

頭上の木から逆さまにぶら下がってハハハと笑い出すのではないか。

倒れた匠に覆いかぶさって、包丁で「切り落とす」のでは。

想像は次第に現実味を失っていた。不審者はレイコさんと関係があるかもしれない。つまり幽霊や妖怪《ようかい》の類《たぐい》かもしれない。子供じみている。有り得ない。そう分かっていても考えることを止められない。

匠の二の腕を摑《つか》んでいた。怖い、嫌だとさっきは思っていたのに勝手な話だ。自分に呆《あき》れてしまうけれどもう離せない。匠がふんと鼻を鳴らしたような気がした。

周りを警戒しながら足を進めていくうちに、上り坂だった獣道が平坦《へいたん》になっていた。すぐに下り坂になる。足音を立てないようのけぞって歩いていると開けた場所に出た。靴の裏がつき固められた地面を踏む。気付かれるかもとペンライトを消す。

さっきまで木々に隠れていた夜空が見えた。暗闇に慣れた目が小さな建物の影を捉《とら》える。月明かりだけでもプレハブ小屋だと分かった。

ほとんど真四角で薄汚れていた。角材がいくつも周囲に置かれている。

弥生ちゃんが言っていたプレハブ小屋ではないか。誘拐された少年・杉本怜二が発見された場所。まだあったのか。

「いない」

匠が囁《ささや》いた。きょろきょろと辺りを見回して、

「消えたぞ」

言葉の意味を悟った瞬間、胃袋がふわりと浮いた。撒《ま》かれた、単純に違う場所に来てしまった。そんな有り得る推測を押しのけて有り得ない妄想が膨らんだ。

あの不審者は文字どおり姿を消したのではないか。つまりこの世の存在ではないのでは。都市伝説の、オカマのレイコさんその人では――

「いや……中かも」

なんとか理性を保つとわたしはそう言って、プレハブ小屋を指した。自分の言葉で腑《ふ》に落ちる。そうだ。そっちの方がまだ筋が通る。振り返った匠が「かもな」と口にした瞬間、背後でガサリと音がした。

反射的に振り返ると、獣道の前に白い影が見えた。

白いコートを着た不審者が突っ立っていた。

いきなり肩を摑まれ引っ張られてわたしは匠に抱きかかえられた。声を上げそうになって堪える。不審者は棒立ちのまま動かない。匠の荒い息遣いが聞こえる。ジャケット越しに心音が頬を伝って耳に届いた。速く激しく鳴っている。匠がわたしを背後に隠して身構える。

不審者がゆっくりと片腕を挙げた。明らかにカツラとわかる長髪を摑み、無造作に外す。ばさりとカツラが地面に落ちる音がした。

匠の肩越しにわたしはじっとその様子を見つめていた。目を離せなかった。今の行動が何を意味するか分からない。カツラの下から現れた本当の髪も顔も、暗闇に紛れてほとんど見えない。

「……か」

声がした。かすれて上ずった声が、

「……たのか」

また繰り返す。問いかけている。質問されている。これはまるで――

全身に怖気《おぞけ》が走ったところで、

「ま、またやってしまったのか。いや……またおまえ」

不審者ははっきりと言った。苦痛と悲しみと困惑に満ちた声だった。

「どうして。まだしにきれないのか、わかってくれたんじゃないのか。そ、そうか、まだにくいのか、は、はんにんが……」

ふらりと白い影が揺れた。その場に膝《ひざ》から崩れ落ちる。思わず「ひっ」と叫んでいた。匠の背中にすがり付く。

「……れいじ……どうして……」

聞き覚えのある名前を囁くと、不審者は奇妙な呻《うめ》き声を上げた。金属を擦《こす》り合わせたような、でたらめに笛を吹くような声だった。

泣いている。気付くと同時に匠と目が合った。緊張と戸惑いと恐怖が入り混じった目。

「大丈夫」

匠はかすれた声で言って、再び不審者を向いた。

「来たら守るから、その隙に」

「ごほっ……うう、どうして……げほっ」

泣き声にはいつしか咳《せき》が混じっていた。

不審者は人間らしい。都市伝説でも幽霊でもないらしい。そして今は苦しんでいる。身動きできないでいる。どうしたらいい。わたしは考えていた。考えられるようになっていた。襲って来そうにないせいもあるけれど、何より匠が守ってくれているおかげだ。

「逃げるか」

匠が言った。口調には明らかに迷いがある。こんな状況なのに心の隅で嬉《うれ》しく思った。

「……ううん」

わたしは首を振ると「放っとけない」と言った。

「キツそうだよ。それにレイコさんとも関係ある。怜二って」

「だな」

匠ははっきりと答えた。

忍び足で不審者に近付くと、匠が丸まった白い背中に声をかけた。

「あのう」

不審者は顔を上げた。顔が濡《ぬ》れているのが見えた。再び咳《せ》き込む。痰《たん》が絡まり喉《のど》が千切れそうな激しい咳。

匠がその場にしゃがみ込んで彼の背中を撫《な》でた。

「うう、う……れいじ」

不審者はまた名前を呼んだ。咳が治まっている。匠は強張《こわば》った顔でぎこちなく背中をさすり続けている。

「す、すみません」

わたしは匠の後ろから声を掛けた。

「それって——自殺した男の子のことですか」

この場にいる全員の息遣いだけがしばらく続いた。空気の冷たさを感じ始めた頃、

「知ってるのか……」

不審者が言った。疲れ果ててはいるけれど落ち着いた声だった。

懐中電灯、そしてペンライトで照らされたプレハブ小屋の中で、わたしと匠は立ったまま不審者――初老の男性を見下ろしていた。彼は床に敷かれたシートに腰を下ろして、すぐ前の床に置かれた懐中電灯を見つめていた。白い無精髭《ぶしょうひげ》。ぼさぼさの白髪。頬も首も痩《や》せこけて今にも折れてしまいそうに見える。

落ち着いた彼に導かれるまま小屋に入ったけれど、これが正しい選択なのか分からない。匠も同感なのだろう。わたしを隠すように立っていた。

「……すまなかったね。怖がらせて」

男性はこちらを見上げた。表情にも顔つきにもおかしなところ、異常なところはない。服装は変だけれど、不気味な雰囲気は消え失《う》せていた。

「たまにこうなるんだ。気が付いたらこんな恰好《かっこう》をしている」

真剣な目でわたしと匠を交互に見ながら、

「夜道を歩いているのは分かるけれど、自分で歩いてるわけじゃない。勝手に足が動いてる。そして山を登って」

男性は部屋の壁に目を向けると、

「ちょっと行ったところにある池を見て、ここに来る。そこで自由になる。目が覚めるというか、身体が自分のものになるというかね」

そこで深い溜息《ためいき》を吐いた。わたしはおずおずと訊《き》く。

「夢遊病、ですか」

「医者ならそう言うかもしれない。診てもらったことはないが」

男性の口元が引き攣《つ》っていた。

「自分ではこう考えてる。息子が私の身体を乗っ取って操ってると。怜二の無念が」

両手で顔を擦る。手は骨と皮ばかりで染みが幾つも浮いていた。

「あの、息子さん、二十年前の誘拐事件の、ですか。杉本怜二さん」

弥生ちゃんが「確定じゃない」と言っていたことをわたしは訊いた。男性は小刻みにうなずいて、「ああ」と搾り出すような声を上げた。

わたしは怜二のことを考えていた。彼は変質者に切り取られ、それを苦に自殺した。弥生ちゃんの推論どおりだ。そして彼の無念が目の前の男性——杉本を女装させ徘徊《はいかい》させている。少なくとも杉本はそう考えている。

オカマのレイコさんは、親子二代が関わる都市伝説だったわけだ。それも残酷で悲しくて現在進行形の話だった。

匠が「すいません」と前置きして、

「犯人は、捕まってないんですか」

硬い声で訊いた。

「ああ」杉本は顔から手を離して、「それらしい男はいたけど自殺した。決め手もなにも見つからなかった。だから死に切れないんだろうな、怜二は」

悔しそうに歯を食い縛った。

「……供養とか、お参りは」

言うべきかどうか迷いながらわたしは言った。

「知り合いに詳しい人がいて、よかったら紹介……」

「無駄だよ」

杉本はゆっくりと首を振った。

「何回もやった。怜二の墓前でね。十五年前これが始まった時も。妻が出て行った時も、リストラされた時も――何にもならなかった。それだけ怜二の恨みは強いんだろう」

ふっ、と諦《あきら》め切った笑い声を漏らして、わたしたちを見上げる。

「犯人が捕まってればまた違っただろうな」

わたしはうなずいた。霊がいたとしたら無念なのはそこしか考えられない。いないとしても杉本自身が無念だろう。息子を傷付けて死に追いやった犯人が、ある意味「逃げおおせた」のだから。

「すまないね」杉本はゴホンと咳払いをすると、「また、辛《つら》くなってきた。しばらく動けそうにない。もう遅いから……」

「分かりました」

答えたのは匠だった。わたしを横目で窺《うかが》うと腕を軽く叩《たた》いた。わたしは無言でうなずいてドアへ足を向ける。背後で啜り泣きが聞こえた。

「うう、れ、怜二」

ドアノブにそっと手を掛ける。

「わ、分かってくれたんじゃないのか、ちゃんと理解して」

匠がぽんと腕を叩いて急《せ》かす。

杉本は何度も洟《はな》を啜って、

「納得して、し――死んでくれたのに」

ドアノブを捻《ひね》ろうとした手が考える前に止まった。

「え……？」

わたしは振り返っていた。聞き違いではない。現に匠も驚いた様子で杉本を見ている。

「怜二……怜二」

息子の名前を繰り返し呼ぶ杉本に、

「死んでくれた？」

匠がそう問いかけた。わたしはペンライトを杉本の方に向ける。彼は目元を拭《ぬぐ》うと、

「そ、そうとも」

と答えた。顔が涙で光っている。

「子供だったから、さ、最初は理解できなかった。何度言い聞かせてもね」

鼻を擦《こす》りながら「仕方ない、まだ十一歳だった」とうなずく。話がまるで見えない。

「あの、どういう意味ですか」

わたしは思い切って訊《たず》ねた。

「意味ってそりゃあ」

杉本はわたしを、そして匠を見てから、

「アレが無くなったら、生きてても仕方ないじゃないか」

当たり前のように言った。すぐ側で匠が身体を硬くするのが分かった。

「そうだろ……楽しいことなんか一つもない」

唇を歪《ゆが》めて、

「だから犯人が憎かった。今でも憎い。アレを切って生かすくらいなら、殺してくれた方がよかった。な、そうだろ」

匠に目を向けて語りかける。すうう、と息を吸う音がした。匠がわなわなと全身を震わせていた。

「れ、怜二は生きようとした。用を足すのが不便になっただけだと。だから教えた。事実は違う。お、お前は――死んだ方がマシだって」

ペンライトの光が激しく揺れていた。両手で握り締めても震えが治まらない。

揺れる光を受けて杉本の目がぎらぎら輝いていた。

「じっくり時間をかけた。強く言ったこともあったよ、自分で死ぬか、父さんが殺すか」

わたしははっきりと理解した。この人はおかしい。女装していなくても徘徊していなくてもおかしい。子供を誘拐して切り取る変質者と同じくらい、いやそれ以上に。

「怜二は悩んだ。学校にも行かなくなった」

息子に語りかける杉本の姿を、わたしは思い描いていた。

「でも最後は分かってくれたよ。ちゃんと現実を見た」

そして妄想していた。妄想の中で納得していた。怜二が死に切れないのは犯人が憎いせいではない。杉本が仕事と家庭を失ったのも偶然ではない。

単純な話だ。怜二の魂は杉本を恨んでいる。だから彼を不幸にし奇行に走らせている。

この人はそんなことも分からないのだ。

「やっぱり犯人が――」

「バカ野郎！」

匠が怒鳴った。ドンと激しく足を踏み鳴らす。一瞬で杉本に駆け寄ると、

「お前が殺したようなもんだろ！」

勢いを付けて顔面を蹴《け》った。鈍い音とともに杉本が小屋の隅まで吹っ飛んだ。間抜けな呻《うめ》き声を漏らして立ち上がろうとする彼を、匠は思い切り踏み付けた。

「匠！」

わたしは叫んだ。途端に彼が動きを止める。肩をいからせ杉本を見下ろしている。杉本は鼻から血を流して、虚《うつ》ろな目で天井を見上げていた。

素早くきびすを返すと匠は「行こう」と大股《おおまた》で歩き出した。わたしの手を摑《つか》んで乱暴にドアを開ける。

広場を突っ切って獣道に入った時、

「ふざけんな」

匠が吐き捨てるようにつぶやいた。

「ごめんな」

午後十一時半。わたしの家の前で匠は言った。表情は落ち着いていたけれど顔はやつれていた。

「俺はあんな、最悪のヤツとは違うけど」

「うん」わたしはうなずく。

匠は言いにくそうに、

「そ、そればっかりになることはあって、頭が」

「……うん」

またうなずく。匠は大きく息を吸って、

「よくないと思った」

と言った。寒そうに身体を震わせる。

「……ありがとう」

わたしは自然と笑みを浮かべて、「弥生ちゃんには何て報告しようかな」と話題を変える。

「聞いても嫌な気持ちになるだけだろうし」

「だな。生徒みんなに聞きました、ってとこまででいいんじゃないか」

「そうだね」

沈黙が訪れる。そろそろ別れる頃合だ。挨拶《あいさつ》を切り出そうとしたところで、

「今度昼間、山に行こう」匠が不意に言った。「池で手を合わせるとか、お供えするとかしたい。しないと駄目な気がする」

　わたしは何度もうなずいた。そうした方がいい。怜二の魂がまだこの世に留《とど》まっているなら、せめて祈るくらいはしなければ。

「じゃあ」

匠が手を挙げて歩き出した。「バイバイ」と声をかけて、わたしは彼の背中を眺めていた。

　小さくなっていく彼の後ろ姿を見ていると、スッと白い影が電柱の陰から現れた。匠の後を付いていく。背は匠よりずっと低い。小学生、いや中学生だろうか。

　影が振り返ってこちらに手を振った。顔は遠くて見えない。けれど笑っているような気がした。どうしようと思っていると影は再び匠の後を追い、彼とともに暗闇の向こうに見えなくなった。

　怜二だろう。自分でも驚くほど自然にそう思った。

　この町に留まっていた怜二の魂が、わたしに挨拶をしに現れたのだろう。お礼を言いに来た、と考えるのはさすがに厚かましい気がした。

これから匠にも挨拶をするのだろう。それで追いかけているのだろう。きっとそうだ。わたしはそう思った。思っているのに身体が強張《こわば》っていた。冷たい空気が頬と脚を刺す。

寒さに耐え切れなくなるまで、わたしは暗闇から目を逸《そ》らすことができずにいた。

次の日、匠は学校に来なかった。担任は「怪我をした」としか説明せず、わたしは胸騒ぎに襲われた。学校が終わるとすぐ病院に行ったけれど面会謝絶だった。思い切って家に電話し、彼のお母さんに訊《き》いたけれどはっきり答えてはくれなかった。彼女から聞き出せたのは「怪我をした」「手術をした」「入院する」「当分学校には行けない」の四つだけ。しつこく食い下がると、彼女は上ずった声でこう答えた。

「夜道でね、強盗か何かに襲われたの」

杉本晴彦《はるひこ》という五十八歳の男性が留置場で首を吊《つ》ったのは、その日の夜のことだった。山のふもとを女装してふらふら歩いているのを職務質問され、奇声を発して逃げようとして捕まったという。警官に見咎《みとが》められたのは前日の午後十一時半。ちょうど匠と家の前にいた頃だった。

テレビのローカルニュースでそう報じられているのを、わたしは信じられない思いで聞いていた。匠を襲うとしたら杉本に違いない。そう思っていた矢先のニュースだった。

匠が長期療養のため引っ越した、と担任から聞いたのは半月後のことだ。わたしはショックのあまり学校を休み、部屋で泣くかぼんやりするかして三日を過ごした。

引っ越し先は分からなかった。わたしも匠もポケベルは持っていない。クリスマスに買ってお互いにプレゼントしよう、などと悠長に計画していたのを激しく後悔した。

冬休みが終わって三学期が始まる頃、学校でこんな噂が流れるようになった。

匠はレイコさんにアレを切り取られたらしい。

ショックで頭がおかしくなって、今は精神病院にいるらしい。

ここ最近、徘徊《はいかい》するオカマが若返った。ひょっとして脱走した匠ではないか。

出所は分からない。彼の友人を片っ端から問い詰めたけれど、誰もが誰かに聞いたと言う。誰かが嘘を吐いている。そう考えるのが一番有り得るけれど誰も口を割らないし、みんなの協力的な態度を見ると、とても騙《だま》しているようには思えなかった。

いつしかわたしは思い描くようになっていた。授業中も下校中も家にいても、つい想像するようになっていた。最近は夢に見るようにさえなっていた。

街灯に照らされた歩道に、真っ赤な血だまりが広がっている。その周りには転々と血《ち》飛沫《しぶき》が散っている。

血だまりの真ん中には血に濡《ぬ》れたアレが転がっていて――

その向こうで女装した匠が、下腹部を赤く染めて立っている。

また夜にオカマを探しに出てみよう。そして確かめてみよう。何度もそう決意したけれど、わたしは未《いま》だに実行できないでいる。

鬼のうみたりければ

9歳男児行方不明　裏山を探検中に

兵庫県T警察署は15日、同県T市在住の会社員・小《こ》橋《はし》宗則《むねのり》さん（39）の長男、輝《てる》くん（9）の行方が分からなくなっていると発表した。14日に小橋さんが同署に届け出た。調べによると輝くんは14日午後3時、同市O台の笈戸《おいのこ》山に双子の弟の健太郎《けんたろう》くん（9）と出かけたが、午後6時になって健太郎くんだけが帰宅。警察は健太郎くんから詳しく事情を聞くとともに、輝くんが何らかの事件に巻き込まれた可能性があるとみて、16日から県警へリコプターなどで捜索する。

――「毎朝新聞」平成元年五月十五日夕刊・関西版より

　結婚式、行けなくてごめんね。写真は山田《やまだ》くんに見せてもらったよ。奥さん、めっちゃ可愛いやん。真琴《まこと》さんやったっけ。あんな子どこで捕まえたん？　いやいや、仕事繋《つな》がりってどういうことよ。

　こないだ出た本、読んだよ。『平成凶悪事件簿　オカルト編』。面白かったわ。持ってきたからサインして。え、共著？　分かってるよ。それが何なん？　一人で書こうと何人かで書こうと関係あらへん、ええ仕事してる人が立派や。ほら。宛名も書いて。〝希代子《きよこ》様へ〟でええよ。そう、仕事の名義は下の名前だけ。一緒に働いてた時からそうやったやろ。

もう十年……十二年くらいかあ。

懐かしいな。最後に会ったん、野《の》崎《ざき》くんの送別会やもんね。あの後すぐわたしも辞めて、業界紙の出版社に就職して、そっから……

あっ、ごめんね。

そら怪しいよね、十年以上ほとんど連絡してなかった元同期が、いきなり電話してきて会いたい言うて、わざわざ兵庫県から新幹線乗って東京まで来るて。しかも昨日の今日て。十代二十代やったらノリとか勢いとかでまだ有り得るやろけど、四捨五入したら四十になる歳でな。

うん、不審なんは分かってるよ。

野崎くん、この本で群馬の赤城《あかぎ》神社の、有名な主婦神隠し事件について書いてたやろ。記事の中で山岳信仰とか、ご神体としての山とか、分かりやすく解説してたやん。あとこんな風に締め括《くく》ってたやんね。〝無数にある神隠しの言い伝えや、そう噂される事件のうち、万に一つくらいは言葉どおりの意味で神隠しなのかもしれない。此処《ここ》とは違う世界に行ってしまった、この世のものではない何かに連れ去られてしまった、そんなケースもあるかもしれない〟って。

あるよ。

〝あるかもしれない〟とちゃう、ある。

万に一つかは知らんよ。億に一つかもしれへんし、もっとかもしれん。京《けい》とか垓《がい》とかそういうんは男子の方が詳しいんとちゃう？　滅多にないことなんは分かってる。でもわたしのとこではあったし、今もある。

……頭おかしなった思てるやろ、野崎くん。

思てても構へんから最後まで聞いて。暴れたり叫んだりはせえへんから。そんくらいの理性は残ってるよ。こんな人いっぱいおるフードコートで騒いだら大変や。

平気。別に体調は普通やし、顔色悪いんは昔からや。山田くんによう幽霊とかゾンビとか、からかわれとったやろ。覚えてる？　会社に連泊して全然寝れへんくて、七徹した山田くんがいきなり全裸になって、ハハハ、あれ何歌ってたんやった？　ちゃう、あれや、モー娘《むす》。の「Mr.Moonlight～愛のビッグバンド～」、ハハハハ！　あの頃はまさか吉澤《よしざわ》ひとみが飲酒運転で轢《ひ》き逃げしよるなんて、ゆ、夢にも……

……ごめんね。

人に話すんは初めてやから、緊張してんねん。アホみたいな話やし。でも野崎くんやったら信じてくれるんちゃうかなって思うし、元同期やし、おんなじ関西出身やし。でもやっぱりアホかって切り捨てられるかもしれん。そう思うと言い辛《づら》いし……え？　ホンマか嘘かより、使えるか使えへんかの方が大事？

取材って……それ、聞いてくれるってこと？

ありがとう。嬉《うれ》しいわ。

そんな風にカッコつけるとこ、編プロにおった頃から変わらへんね。あ、レコーダーもよう見たら昔のままやん。こんな型のやつ今どこにも売ってへんのちゃう？

真琴さんも幸せやろなあ。野崎くんみたいなええ人と一緒になれて。わたしの旦那《だんな》とは大違いや。ううん、愚痴りたいんとちゃうよ。これは前振り。旦那がらみの話やから。

旦那と結婚したんは十年前、二〇〇八年やった。式はせえへんかったけど、籍入れたんは六月。これでジューンブライドやって冗談言うてね。〝関西人やから気が合うと思って〟って無茶な理由で共通の友達に引き合わされて、それでもなんか普通に仲良くなって、何となく結婚しよって流れになったパターン。よくあるやつや。

まあ普通に楽しく仲良うやってたよ、二年前まで。

お義母《かあ》さんがくも膜下出血で倒れはってん。道歩いてていきなりやったらしい。たまたま看護師さんが通りかかって、迅速に対応したから死なへんかった。

不幸中の幸い？　ちゃうよ、不運や。

看護師が通りかかってなかったら、それか別の仕事の人やったら、こんな訳分からんことにはならんかったと思うし、わたしも今日ここには来てへん。

お義母さんは死なんかったけど、後遺症で歩けんくなった。ちょっと言語障害も残った。要介護いうやつや。病院から旦那に連絡が来て、わたしらは実家のマンションでお義母さんと一緒に暮らすことになった。

場所？　笠戸台ニュータウン。兵庫県T市の山奥にあるやつ。昭和の終わりに造られたけど全然人が来《け》えへんくて今は過疎ってる、たった三十年で瀕死《ひんし》の住宅地や。もう盛り返したりはせんやろ。こっちでいうたらあれ、多摩ニュータウン。

一人で気楽に生きる、子供の世話にはならんってお義母さんは昔から言うてはったらしいけど、状況が変わった。豪語するからには貯《たくわ》えがあるんかな思たら、そんなんほとんどない。他に頼りになる親戚《しんせき》もおらん。

わたしは伊丹《いたみ》のちっちゃい編プロに契約社員で入った。旦那は浄水器のレンタルやってる会社。介護も二人で分担して、お義母さんとも最初はお互い距離感摑《つか》めんし会話も成立せえへんしで大変やったけど、もともとサッパリした人やからかな、三ヶ月くらいしたら冗談言い合える仲になった。毎日へとへとやったけど、あの頃はまだ普通いうたら普通やった。少なくとも楽しいことはいっぱいあったよ。仕事も、家の中も。

おかしなったんは実家に住むようになってから一年後、旦那が会社クビになった日からや。

もともと営業の成績ドベやって本人から聞いてたけど、まさかクビになるとは思てなかったみたい。大学の先輩やったか、知り合いの縁故で入れた部分もあったから、正直ちょっと舐《な》めてたんちゃうかな。通告された時にその先輩に酷《ひど》いこと言われたらしい。具体的に何言われたんかは教えてくれへんかったけど。

翌月からとりあえずハロワ通って、いろんなとこ受けてんけど不採用ばっかり。三十五過ぎてたせいもある思うけど、本人はショック受けててな。何の実績もないままダラダラ生きてたわって自分を責めるようになってん。日に日に元気が無《の》うなって、体重もどんどん減っていった。家事も介護もままならんくらいにな。

　わたしの稼ぎと旦那の失業保険、あとお義母さんの年金で何とかやれそうやったから、気長にやったらええよって励ましとってん。そんでも塞《ふさ》ぎ込んでたから、こう言うてん。

「家計厳しなる前に決まったらそれでええよ、いよいよとなったらアルバイトから始めるのもええんちゃう？」

　キレられたわ。

　殴られはせんかったけど、三回くらい殴る振りされた。

　アルバイトなんか今更やれるか、何が楽しゅうて時給千円かそこらのハシタ金のために、学生なんぞに頭下げなあかんねん――って。あの人のいうバイトってコンビニとか牛丼屋のイメージしかないねんなって、今は笑って話せるけど。

　怖かった。

　旦那のこと初めて怖いと思た。

　すぐ側におったお義母さんが、完全に息子の味方やったせいもあるやろな。「この子は立派な仕事せなあかん」て言わはった。

　家の雰囲気が変わった。正確に言うたらわたしの中で、家に対する印象が変わっただけやけど、そん時は家の空気とか、あと明るさがサーッて変わったみたいに感じたよ。

わたしの味方はおらん、ここで一人なんやって分かった。

その頃からお義母さん、ちょっとずつ変わらはった。子供みたいな声でずーっと歌ってたかと思たら、急に癇癪《かんしゃく》起こしてご飯ひっくり返して暴れよる。かと思たら不意に「あの子が迷惑かけてごめんな」ってぼろぼろ泣いて謝ったり。認知症や。気ぃ付けとったつもりやけどあかんかった。

旦那は家におるだけになった。ハロワとネットの求人と知り合いの伝手《つて》、いろいろ探したけど全然決まらんくて、精神的に参ってもうてな。圧迫面接とか、ご縁がありませんでしたとか、あんなん若いうちやから耐えられるんやろな。四十路《よそじ》が見えてきて、認知症の母親の世話せなあかん中で仕事見つからんかったら、へこたれてもしゃあないよ。丸投げされても突っぱねられへん。愛する旦那やもん。「ごめん」って土下座されたら、わたしが何とかせなあかんってなるやん。ヘルプ呼ぼうにもわたしは親兄弟おらんし、経済的にも人に頼む余裕なかったし。

仕事も介護も家事も全部やったろ、旦那が再就職できるまでの辛抱や、そう思たら頑張れたわ。朝五時に起きて前日の残りで朝ご飯作って、お昼ご飯も作っといて六時にお義母さんに食べさせて、洗いもんと洗濯と掃除やって、その間ちょいちょいお義母さんの訳分からん話聞きながらシモの世話して、家を出るのが九時半。十時半に会社着いて仕事して、五時に一旦《いったん》帰って買い出しして晩ご飯の準備して、お義母さんの世話してご飯食べさせて、お風呂《ふろ》に入れてまた八時に会社戻るやろ。そんで終電まで仕事して家帰ってくるんがだいたい一時。最終バスは出てもうてるよ。旦那が車で迎えに来てくれるねん。お義母さんが乗ってた軽《けい》で。助手席で十五分寝て、帰ってお義母さんが寝てたらじぶんも風呂入って寝る。起きてたら相手したりして寝かしてあげてから寝る。そんで朝五時に起きる。

やろう思たらやれたで。編プロの人らみんな協力してくれたし。中には怒る人もおったけどな。ああ、わたしにちゃう、旦那に。

「希代子ちゃんに甘えすぎや。何やと思てんの」

梶原《かじわら》さんっていう女のデスクの人。宝塚の男役みたいなハンサムでな。写真見せたろか……ごめん、脱線してもうた。

まあ周りのサポートもあってわたしは何とかやれてたんよ。お金のことも家のことも全部やってた。続けられると思ってた。

半年で倒れたわ。

取材で六甲《ろっこう》山登ってたら目の前が真っ暗になって、気が付いたら病院やった。先輩がおらんかったら、すぐ一一九番してなかったら死んでたらしい。

これも不運や。幸運とちゃう。わたしが死んでたら、旦那も一念発起して頑張ったかもしれん。お義母さんの認知症も……いや、それはないか。でも悪くはなってなかったんちゃうかな。

三泊入院して夕方に家帰ったら、旦那に言われた。

「おかえり。今日からまたおかんのこと、よろしく」

って。お義母さんと目が合《お》うたら、開口一番に言われた。

「そろそろ孫の顔が見たいわあ」

ハハハハハ……

なあ、野崎くん。

親御さんはまだ元気にしてはる？　ああ、お父さん。倒れはったらどないするん？何か考えてる？　一人っ子なんは知ってるよ。

特に考えてへんのとちゃう？　仕事大好きやもんな。それに、何かあってもお嫁さん――真琴さんに全部任せるつもりでおるやろ。

ううん。野崎くんにその気がなくても、結果的に真琴さんが抱え込むねん。そういう風にできてる。よっぽど金持ってるか、それかよっぽど計画的でない限り、この手のことは嫁に丸投げするんが世間的には正解や。何となくそういうもんやってみんな思てんねん。その雰囲気に流されて野崎くんも、お父さんの面倒を真琴さんに見てもらうようになるよ。

聞いてるで、優しい子なんやろ。親身になってシモの世話もやってくれるよ。お義父《とう》さんに変なことされても笑って耐えてくれるよ。野崎くんもそれが当たり前や思うようになる。

大丈夫や。嫁は簡単には逃げへん。

逃げたら生活するんが難しなるし、おまけに世間様は嫁失格、女失格の烙印《らくいん》押しよるからな。「逃げてもいいんだよ」「自分を愛してあげて」てSNSで言うてる奴が、同じ口で「そんな無責任な人に結婚する資格はありません」とかヌカしよる。そんなんよう見るやろ？　ヘルパー頼んだだけで人でなし扱いやし、子供作らんかったら他全部やってても欠陥品や。

しょうもないやろ。

二十一世紀になって平成三十年になっても、こういう時に期待される嫁の役割は昔のままや。昔いうても高度経済成長期の頃やで、〝夫は仕事、妻は家庭〟って形ができたん。そんな伝統でも何でもない、今の時代に全然ハマらん価値観押しつけられて生きなあかんねんで。

……ごめんな、取り乱して。

こんなん聞いてほしいんちゃうねん。

言うても普通の範囲やろ。おかしいんはおかしいけどありふれてることや。野崎くんが好きなタイプの話ちゃう。

さすがに心が折れて、家帰った日の夕暮れにベランダの隅で泣いててん。八月で風があったから、部屋の中より涼しかったくらい。そしたら旦那《だんな》が出てきて、「ごめん」って背中抱いてくれてん。そのまま十分くらいおったんかなあ。

落ち着いた頃に旦那が言うてん。

「兄貴が神隠しに遭《お》うてなかったら、お前に辛い思いさせんで済んだかもしれん」

自分はもともと次男やからって。

は？　って声出たわ。長男や次男やいう現実的な話に、神隠しって非現実的な単語が入ってんねんもん。おまけにあの人普通に、真面目に言うてたし。

「何それ？」

「兄貴は九歳の時に、そこの」

旦那は――健太郎は並んだマンションの向こうに聳《そび》える、暗い山を指しよった。

「笈戸山に探検に行って、変な人らに連れて行かれてん」

旦那には輝さんっていう、双子のお兄さんがおった。

輝さんは山で行方不明になって、未《いま》だに見つかってない。

どっちもその時初めて知った。

平成元年の五月。輝さんは笈戸山に探検に行って、小さい川の畔《ほとり》で謎の集団に連れ去られた――旦那が見たことを簡単にまとめたらこうなる。謎の集団のことを旦那は「大名行列や」って思たし警察にも親御さんにもそう説明したけど、正確には「ちゃんとした着物を着ていた」「何人かが大きな荷物を協力して抱えていた」ってことらしい。

夕食中そこまで聞いて、わたし言うたってん。

「ってことは、嫁入り行列か葬列やったんかもね」

「ないない。山ん中やぞ」

自分の目で見て証言までしたのに、旦那は冷静やったわ。確かにその通りで、どんな行列でも山ん中歩いてる時点でおかしい。有り得へん。警察もまともに取り合うてくれへんかったらしい。

「せやったら何なん？」

「……今は北朝鮮やと思てるよ」

拉致《らち》問題が一気に表に出たんは平成十四年、小泉《こいずみ》政権の時や。それで旦那も親御さんも、周りの人もそう思うようになった。それ以前に可能性を指摘する人もおることはおったらしいけど、誰も信じてなかってんて。都市伝説とか陰謀論の類《たぐい》やって相手にせんかってんて。そういえば昔はそうやったなって思い出したわ。

「それでもおかしない？　着物着てたんやろ？」

わたしが訊《き》いたら、旦那は「おかしいで」って認めた。

「だから記憶違いか、北朝鮮の仕業やないか。どっちにせよハッキリとはしてへん。兄貴は拉致被害者に認定されてへんしな」

痕跡《こんせき》がない、全く足取りが摑《つか》めない、集団が関与している——これだけの手がかりで一番有り得るんが〝北朝鮮の工作員に拉致された〟。旦那の中では一先《ひとま》ずそれで落ち着いたってことらしい。お義母さんもそう思てはるし、亡くなったお義父さんもそう思てはって、被害者家族の非公式の集まりにも顔出したりしはってんて。まあ考え方としてはまともや。

でも本音のところでは、旦那は妖怪《ようかい》か何かの仕業や思てた。オカルトいうんかな、そいういうのが関わってるんちゃうかって考えてた。最初にわたしに〝神隠し〟言うたんはそのせいや。行列を見た時の印象が、どうしても北朝鮮の工作員と結びつかんらしい。

「川に入って兄貴と遊んでたら、茂みからぞろぞろ出てきたんや。全員が優しそうに笑ってた。仏の微笑言うんかな。音も立てんと川に足突っ込んで、俺らのすぐ前——川上の方を通り過ぎて」

十人くらい過ぎたところで、青い着物の男の人が手招きしてんて。変な形の帽子かぶった、目の異様に大きな男の人が、上からこうやって二回ゆっくり。

そしたら輝さんがふらふらって、列に並んでついて行ってんて。一回も振り返らんと、当たり前みたいに。

「俺は動かれへんかった」

気付いたら誰もおらんなってたらしい。旦那は川に座り込んで腹から下びしょびしょになってて、そんで日が傾いてるんに気付いて慌てて山を下りてんて。

「あれがほんまに神様やとしたら……」

お義母さんが寝てるんを確かめてから、旦那が言うた。

「きっと疫病神の行列やったんやろな」

冗談めかした口調やったけど、顔は全然笑《わろ》てなかった。

それから一ヶ月後や。

わたしが職場復帰して旦那が面接に落ちて、お義母さんの認知症がまた進んで、おむつ勝手に外して投げてひとしきり暴れた、次の日の朝。

輝さんが帰ってきてん。

行ってきますってドア開けたら、旦那とおんなじ顔と髪型した、上下スウェットでサンダル履きの男の人が立ってた。

「あのう、小橋輝と申しますが、こちら小橋邸ですよね？」

声も歯並びも、顎《あご》の端を掻《か》く仕草も、旦那と全くおんなじやった。


家は大騒ぎになった。旦那はパニックで家中走り回ったし、わたしもまだ回復してへんて嘘の連絡入れて会社休んだ。お義母さんはよう分かってなかったみたいやけど、異変が起こってるんは察したんやろね、ベッドで布団かぶって静かにしてくれてはったわ。

警察呼ぼう、って我に返った旦那が言うてんけど、輝さんに止められた。

「頭おかしい思われて、病院入れられて終《しま》いや。そしたら二度と会われへん」

わたし？　とりあえず麦茶出したわ。「朝ご飯召し上がりました？」とか訊いてな。めっちゃ普通やろ。わたしもそう思た。どんだけ変なことが起こっても普通の段取りせな話進まへんねんなって、頭の隅で変に納得してたわ。健太郎さんの嫁ですって自己紹介したん、どのタイミングやったかな。

「……どこ行ってたん？」

座卓の向かいにおる輝さんに、旦那が訊いた。わたしはその隣で正座して、輝さんのこと観察してた。開けっ放しの和室のベッドにおる、お義母さんの様子見ながらね。

「分からん」

輝さんが答えはった。

「白い山みたいなとこで暮らしてた。草木も土も岩もぜんぶ白い。空は暗かったわ」

あまりにも普通に言わはるから、わたしも旦那も喋《しゃべ》られへんなってもうた。

「いろんな生き物がおったわ。青い泥みたいなやつ、目玉の葡萄《ぶどう》、黒いマネキンの群れ、赤い布団みたいなやつ……」

遠い目ぇして寝言みたいなこと、ずっと言うてはった。聞いてたらわたし、だんだん怖なってきた。やばい人を家に上げてもうた、ほんまに通報した方がええ、さっさと連行してもらおうって考えた。

「お兄ちゃん、いや、ちゃうな、兄貴」

旦那が何とか口挟んで訊いた。

「そんなとこおって、どないして戻ってこれたん？」

「走ってたら川に出た」

輝さんは首かしげて、

「ごめんな、帰るん遅なって」

心細そうに笑わはった。答えになってないんは分かってるよ。でも、その顔見てたらなんか、怖いって気持ちは消えてったわ。本人も戸惑ってるんや、私らと一緒くらい困ってるんやって分かったから。

介護ベッドに寝てる……っていうより、へばりついてるみたいなお義母さん見て、輝さん物凄《ものすご》い悲しそうにしてはったし。

そっから輝さんと長いこと話した。わたしと旦那《だんな》とでいろんなこと訊いた。一番気になったんは「ほんまに三十年近く〝白い山〟におったんか」ってこと。そんな訳分からんこと信じられへん、なんかの病気で記憶障害起こしてるんちゃうか、確かめなあかんって、わたしも旦那も意見が一致してん。今ちょっと穏やかに言うたけど、要は「お義兄さん、頭おかしなったんちゃうか」って。

スマホ見せたら首かしげてた。携帯電話やって説明しても「携帯?」て。考えたら携帯電話が普及したん、輝さんが神隠しに遭うて十年後くらいやもん。壁掛けの薄型テレビにも、ノートパソコンにも、冷蔵庫の冷凍室が、冷蔵室の下にあることにもビックリしてはった。覚えてる？　昔は冷凍室って一番上にあったやん。小学校でも習った気がすんで、冷蔵庫って冷えた空気が下りてくるんを利用して全体を冷やしてるから、冷凍室は絶対に上に作らなあかんって。いつの間に変わったんやろな。

世間のことも全く知らんかった。政治経済はもちろん芸能関係も全然。ちょうど安室《あむろ》奈美恵《なみえ》が引退するって発表した頃やけど、そもそも安室奈美恵が分からんかった。

お昼すぎまで話し合って、とりあえず分かったんは三つ。「輝さんはほんまにここ三十年の出来事を知らん」「普通の受け答えとか、物を考えたりするんはできる」「変な思想や価値観も持ってない」。

遅めのお昼ご飯作ったら、これもびっくりしてはったわ。和風パスタに入れたエリンギと、お浸しにした豆苗《とうみょう》が分からんかってん。夜に作ったアボカドのサラダも目ぇ白黒させてはったな。柚子胡椒《ゆずこしょう》も、食べるラー油も。どれも三十年前は食卓に無かったなって、改めて気付いたわ。まあ全部美味《おい》しい美味しいて食べてくれはったし、リアクションは旦那より大きかったから、嬉《うれ》しかったことは嬉しかったけど。

怪しいとは思たよ。世間と隔離されてたんは事実らしいって分かっても、神隠しなんて真に受けるわけがない。でも否定できんかった。旦那と同じ顔した人が「よう分からんけど」って困りながら喋ってんねんもん。「ほんまや、辛そうで辛くないけど少し辛いわ」って嬉しそうにご飯にラー油かけて食べてんねんもん。

「そんで兄貴、どうするん」

夕方やったかな。お義母さんのおむつ替えてたら、旦那が訊いた。

「何が？」

座卓の前に座った輝さんは、にこにこしながら訊き返しはった。

「生活や。仕事せなあかんやろ」

「せなあかんの？」

「は？」

「お前は働いてへんやろ。稼いでるん希代子さんみたいやし。あとは年金？」

旦那の顔がみるみる真っ赤になって、おでこに血管が浮いた。

「どないしてん。俺、何かおかしいこと言うたか？」

輝さんは不思議そうに旦那を見つめて、

「お前はよくて俺はあかんの？」

「……これ以上は希代子が限界や」

「え、じゃあ現状ぎりぎりなん？　そこまで希代子さんに無理させて、お前は働いてへんの？」

旦那はついに絶句した。

次の瞬間に爆発するんちゃうかって、息殺して様子見てた。お義母さんも小《ち》っちゃなってた。

「まあ、しゃあないか。でも俺免許ないし小学校すら卒業してへんし、最終学歴は幼卒やし……」

弟が怒ってるんに気付いてへんのか、輝さんは軽い感じで言わはった。

「せや、今日から俺、健太郎になるわ」

輝さんは次の日に履歴書書いて、その次の日にバイト見つけてきはった。隣町の駅前の、テイクアウトのお寿司屋さん。店頭に貼り紙してあんの見て、飛び込みで「働きたい」いうて、すぐ面接してもろて採用されてんて。履歴書の書き方とか面接の段取りとかは、ぜんぶネットで調べてな。最初にわたしがちょっと教えたら、すぐ使えるようになった。

もちろん履歴書の経歴はぜんぶ旦那の――健太郎のや。詐称なんは分かってるけど、ちょっとでもお金が入るんやったら思て、わたしも旦那も何も言わんかった。運転免許だけは取ってないことにしよ、人の命に関わるからってなったけど。

おかしいよ。そんなん気付いてたに決まってるやん。輝さん働かす前にせなあかんこと、いっぱいあるんは承知してた。でもな。

輝さんが遅番の時に持って帰ってくる売れ残りのお寿司、楽しみにするようになってた。節約になるし美味しいし、わたしはちょっと楽できるしって、いろんな理由つけて、おかしな状況を正当化してた。輝さんが戻ってくる前がまともやとも思えんかったし。

服はとりあえず旦那の服。部屋はずっとそのままにしてた輝さんの部屋。学習机なんはご愛嬌《あいきょう》や。輝さんも笑《わろ》てはった。スマホは旦那名義で買《こ》うて、これもすぐ使えるようになった。

何よりありがたかったんは、お義母さんの介護もしてくれはったこと。お義母さんも最初は戸惑ってはったけど、すぐ慣れた。まあでも健太郎か、若い頃のお義父さんと間違えてはるんやろけど、素直に介護されてくれるようになったわ。おかげで夕方に一旦《いったん》家に帰らんでもよくなったし、睡眠も取れるようになった。ありがたいわあ、助かるわあって喜んでてんけど。

その日の朝は輝さんと一緒に家出てんけどな。バス停まで行く間に、輝さん言わはってん。

「なんで早く戻らんかったんやろう」

「なんでお母さんと話せるうちに、お父さんと会えるうちに帰らんかったんやろう」

笑てはったけど、悲しそうやった。あと何て言うたらええんかな……子供の中身が見えた気がした。四十手前のおっさんの殻の中で、九歳の子供が泣いてる。それを必死に出さんようにしてる。そんな風に見えた。

わたしまで悲しなった。具体的には実感でけへんけど、穴が空いたような、取り残された気持ちなんは想像できたから。

思わず輝さんの手、握ってもうてん。バス停着いてバスが来るまでの間、ずっと。輝さんは最初ちょっと驚いてたけど、そっと握り返してくれはったわ。

輝さんがおる生活が普通になって、そのまま新年を迎えた。みんなで「紅白」見て、「ゆく年くる年」見たよ。お義母さんも「夜更かしできるー」って喜んでたわ。お餅《もち》食べたいて駄々捏《こ》ねるんを輝さんがなだめてはった。

二月になって、校了明けで代休取ってた平日や。夕方、輝さんが帰ってくるなり「社員になる話が出てんねんけど」って、複雑な顔で言わはった。働きぶりが店長と本社の偉いさんに認められたらしい。輝さん雇ってから業績がかなり上がってんて。
「健太郎さんにバイトの給料しか払わんのは、単純に失礼や」
店長はそこまで言わはったそうや。ええ上司やろ。あと輝さん、どんだけ真面目に働いたんやろね。

わたしは大喜びした。お義母さんは意味分かってたか知らんけど手ぇ叩《たた》いて笑ってはった。「大丈夫かなあ、自信ないわ」って戸惑ってる輝さんを励まして、ちょっとした祝杯も挙げた。夕食をちょっと豪華にして、旦那が音頭取って発泡酒で乾杯してん。輝さんはスプライトやったけど。「ワサビもシソもいけるようになったけど、酒だけはなあ」って笑てはった。

これ、その時の写真。スマホでお義母さん囲んで撮ってん。そう、その爽《さわ》やかに笑ってるんが輝さん。缶ビール持ってて無表情で目が据わってるんが旦那。な？　そっくりやろ。液晶にヒビ入ってるから見にくいかな。あ、わたしもこの時は笑ってる。

幸せやったもん。おかしいなりに、忙しいなりに幸せやった。

わたしの中ではな。

二月の終わり頃や。朝起きたら輝さんがおらんなってた。

旦那と二人で捜したけど見つからん。警察には言われへんしご近所には訊《き》かれへん。お義母さんは当然何も分かってへん。お寿司屋さんに電話で訊いたら逆に驚かれたわ。
「健太郎さんやったら、昨日は普通に帰ってましたよ。変なとこは全くなかったです」

戻ってきた時と同じくらい、輝さんは唐突に消えはった。せやから普通は事故とか事件に巻き込まれたって考えるはずやのに、もっとずっと有り得へんこと考えてた。

また神隠しに遭《お》うたんちゃうか——って。

急に連れて行かれて急に帰されることもあるんやったら、また急に連れて行かれることもあるかもしれんって。どんな神様か知らんけど理不尽やな、こっちの都合は無視か、人の心なんかどうでもええんかって。そこまで考えたら胸が苦しなってな。寝室でめそめそ泣いてたら、風呂《ふろ》上がりの旦那《だんな》に慰められたわ。「それが神様なんかもしれん」「いや、鬼やからかもな」って。

「どういうこと？」

「昔話やけどな」旦那は前置きして言うた。「小学校の時『T市のくらし』っていう社会の本に、笠戸山のことが載ってたわ。授業で読まされた。それこそ三年生の新学期、兄貴がおらんなる前の月や。笠戸山の名前の由来は諸説あるけど、〝鬼の子〟から来てるんちゃうかって」

「鬼の子」

「先生は蓑虫《みのむし》のことやって説明してたわ。『枕草子』に書いてある、蓑虫は鬼が生んで捨てた、鬼の子供やねんて。要は蓑虫がようけおった山に、学のあるやつが古典引用して名付けたんやろって。でも」

あの山の奥には、ほんまに鬼がおるんかもな。

……って、旦那は静かに言うた。鬼が子供を捨てて帰る、そのための出入り口があるんかもしれん。あの行列は子供を捨てた帰り道、兄貴を見かけて〝代わりに連れて帰ろう〟思たんちゃうか。それが最近うっかり手放してもうて、また――

冗談とも本気ともつかん口調やった。壁をぼおっと見てて、口もなんか半開きでな。それはそれで怖かったけど、ちょっと可哀想になったわ。混乱してるんやろなって納得もした。神隠しを信じてたんも、学校でこの昔話を聞いたせいかって腑《ふ》に落ちもした。元の生活に戻って三日後。輝さんがおらんなって一週間経った日の夜。お義母さんが機嫌悪くてなかなかご飯食べてくれんと困ってたら、呼び鈴が鳴ってん。洗い物してた旦那に頼んで出てもらったら、しばらくして、玄関の方でドンッて音がした。旦那が尻餅《しりもち》ついた音やった。廊下で「あああ」って変な声出して、ドアの方見上げとった。玄関見たわたしも「えっ」て声出てたわ。

輝さんが立ってはった。

裸足《はだし》でパジャマ姿で、いなくなる前、最後に見た時と一緒の恰好《かっこう》。

「ごめんな、今度はできるだけ早よ帰ってきた」

何でか恥ずかしそうに言わはった。顔も歯並びも、顎《あご》の端っこ掻《か》く仕草も旦那と一緒やった。

お義母さんは喜んではったよ。でも旦那は腰が抜けて、しばらく立てんかった。顔は脂汗が浮いててガタガタ震えてた。わたしが仕事戻った後、〈ごめん迎えに行かれへん〉て連絡してきたし。でも帰ったら起きてた。布団の中で目ぇ開けて、輝さんの部屋の方をずっと見てた。

……野崎くん。

飲みもんとか、また買うた方がええかな。だってほら、そこの注意書きに、お食事のお客様優先って……え？

そう。ビビッてんねん。話したらあかん気がする。言葉にしてお話にして、人に伝えたら色んなもんが壊れてまう。何かが固まって決まる代わりに、別の何かが崩れて無くなってまう。そんな感覚がすんねん。何言うてんねんって思てるやろ。

ううん、最後まで話す。そのために来てんから。

輝さんは次の日から職場復帰しはった。特に怒られもせんと、むしろ心配されたらしい。知人のトラブルに巻き込まれたとか、適当なこと言うてごまかしたって。怒られも怪しまれもせんかったんは、やっぱり信用積んでたからやろね。

もちろん一週間どこ行ってたか、質問はしたよ。

いや、それがな。

「白い山の裏にある、めっちゃ黒くて高い山や。草木も土もぜんぶ黒い」

輝さんは首捻《ひね》りながら言うてた。そこにおることに気付いてすぐ下山しようとしてんけど、下っても下っても平地に出られへんかってんて。そう、下山するのにまるまる一週間かかってもうたってこと。そんで気付いたら笠戸山の川におったたって。いや、信じるか信じへんかの二択やったら、まあ信じへんよ。ご飯も食べんとおった言うねんから……やっぱりわたし、おかしなったままやってんやろな。そん時は「あるかもしれん」って思ったもん。白い山は三十年やけど、黒い山は一週間なんか、なるほどなって。で、言い方は変やけど、我が家は〝輝さんのおる時のシフト〟に戻った。社員でフルタイム勤務になったいうても夕方には仕事終わるから、輝さんとわたしで介護も家事も分担しててん。旦那はたまに面接行っては落とされてたけど、わたしは急《せ》かさんかったよ。大変は大変や。でも余裕ができたんは事実やし。お義母さんもだいぶ穏やかになって、正気に戻る時間が増えてた。受け答えも普通で年相応でな。輝さんのことは「健太郎」って呼んで、旦那のことは逆に「どなた？」って訊かはるようになってたけど。そら旦那はショック受けてたよ。でもわたしも輝さんも些細《ささい》なことやって受け流してたわ。

　何もかもちょっとずつ上向きになってる。決定的におかしな一点以外は良くなってる。そう思った矢先、また輝さんがおらんなった。つい先月のことや。今度は夜九時に帰ったらおらんかった。旦那は「飯食って不意に出かけて、それっきりや」て青い顔して言うた。行き先も言わんかったって。

　笠戸山に捜しに行こうとしたら、全力で止められたわ。

「絶対に危ない」「あっこはこの世の道理が通用せえへん気がする」「少なくとも今日のこの時間はな」って。確かにそうやってなって、翌朝山に入って川まで——輝さんが最初に攫《さら》われたとこに旦那と行ってみたけど、それらしい跡すらもなかった。足跡とか服とか、持ち物とかも。旦那は川沿いの平らな砂地にうずくまって、「どないなってんねん……」って頭抱えてた。わたしも疲れて近くの岩に腰掛けた。振り回されてだいぶヘトヘトになってたわ。

その一週間後。

うん、そう。

輝さん、また戻らはってん。

今度は朝やった。

エレベーター待ってて、籠《かご》が上がってきたら輝さんが乗っててん。ドアのガラス越しに目が合《お》うた。わたしは口押さえて、輝さんは肩を竦《すく》めてはった。

エレベーターのドアが開いて、輝さんが出てきた。普段着に運動靴で、どっちも自分で買ってはったやつやった。

「また黒い山におったわ、ほんまごめん」

顎掻きながら言わはった。

意味分からんなりに一貫してるやろ。慌ててたけど「そうか」とも思ってん。せやから落ち着くんも若干早くて、とりあえず一緒に家に戻ったんよ。

ちょうど旦那が起きてきた時やった。部屋から出てきた旦那とばったり鉢合わせして、わたしのすぐ後ろの輝さんに気付いて――

あの人、悲鳴上げよってん。

きゃあって、女の子みたいにな。その場に転がって這《は》うみたいに居間に逃げた。お義母さんが騒ぎを聞きつけて起きて何か言うてはったけど、わたしは旦那の顔から目が離せんくなってた。

泣きそうな顔して、一瞬で汗だくになってた。

過呼吸の一歩手前って言うたらええんかな、ヒイヒイでかい音立てて息して、ずっと輝さんのこと見てた。

輝さんはきょとんとした顔で「どないしてん、健太郎」って訊《き》きはったけど、旦那は答えへんかった。

その夜のことや。

輝さんとお義母さんが寝てから、部屋で旦那に訊いてん。何があったん？　何であんなにビビッてたん？　って。

いや、分かってるで。消えるんはおかしいし戻ってくるんもおかしい。でも輝さんは見た目も態度も普通やし、せやから驚くことは驚くけど、ビビることはなくなっててん。

でも旦那は違ってた。帰ってきた輝さん見て怯《おび》えてた。

旦那はしばらく何も言わんかったけど、黙って睨《にら》んでたら観念したんか、布団から起き上がって、胡坐《あぐら》かいて口開いた。

「殺した」

「え？」

「俺は兄貴を殺したんや。一回目は夜中に連れ出して。二回目は夕食の後に。笈戸山の川に連れてって、後ろからスコップで殴ってな。二回目はプラス首絞めて、全く息してへんの確かめた。死体は砂地に埋めた」

　声も出されへんかった。豆電球の下で、無表情の旦那《だんな》の顔を黙って見てた。

「せやのに……戻ってきた。二回ともや」

　旦那は頭を抱えて震え出した。

　ちょっとずつ呑《の》み込んで、意味が分かった瞬間、わたしは旦那から離れてた。座ったまま後ずさって壁に張り付いた。部屋から出たかったけど、そしたらバタバタする、お義母さんも輝さんも起こしてまうって耐えた。

　歯の根が合わんって、ああいう時のこと言うねんな。何か喋《しゃべ》ろう、訊こうとしてもカチカチ歯が鳴るだけで声が出されへんかった。目の前の旦那は人殺しや。実の兄貴を殺した人間や。それがほんまに怖かった。でもそれだけとちゃう。

「あれは人間とちゃう。兄貴の形してるだけや。最初に帰ってきた奴からして、既に別もんやったんかもしれん。いや、絶対そうや」

　旦那は泣いとった。

「三十年も経って普通に戻ってくるわけない。簡単に世の中に適応できるわけがない。あれは鬼の子や。鬼が捨てた子供が、兄貴に化けてこの家に入り込もうとしてんねや」

「そんなことないって」

わたしはそこだけ否定した。鬼の子は蓑虫《みのむし》のことやろ、いわゆる鬼とは何の関係もないし、そもそも鬼なんかおらんやろ——そんな話もした。旦那は首振るだけで何も答えへんかったけど。

話してるうちにやっと疑問が湧いた。

肝心要《かなめ》なこと訊くん忘れてたことに気付いた。

「何で殺したん？」

旦那は何度も洟《はな》を啜《すす》って、子供みたいな泣き顔で、

「乗っ取られる思たからや」

って言いよった。

「あいつは俺と入れ替わって、この家を自分のもんにするつもりや。現にあいつ、俺の名前で仕事してるやろ、おかんもあいつのこと俺や思てるやろ、ある意味すでに俺として生きて——」

「やめて」

わたしは囁《ささや》き声で遮った。そこで初めて自分も泣いてるんに気付いた。いつから泣いてたんか思い出されへん。

「何を、言うてるの？」

訊いたら余計に悲しくなった。情けなくなった。旦那との距離が異様に遠く感じられ

たわ。せいぜい二メートルかそこらやったのに。

仕事もせんと親の介護もわたし任せで、その癖プライドだけは一丁前で、居場所が無くなるからってお兄さん殺した。兄貴がおらんかったからこんな目に遭《お》うたんやって被害者気取ってたくせに、いざ輝さんが帰ってきたら邪魔者扱いして殺した。それも二回も。無茶苦茶や。頭おかしい。こんなしょうもないうえに頭の螺子《ねじ》弛《ゆる》んだ人間と、今の今まで暮らしてたんか。そう思たら辛《つら》くてな。

「……何見てんねん」

旦那が凄《すご》んだ。

何もかも分かりましたって声で、

「お前、あれに乗り換えたんやな？」

そう言うてにじり寄ってきた。目だけが暗い中で光ってて、完全に無表情でな。心臓が握り潰《つぶ》されたみたいな感じがして怖かってんけど、逃げられへんかった。声も出されへん。何か要らんことしたら殺されるって思たから。

「あれの方が将来性あるもんなあ。人間やなくても、俺よりは役に立つもんなあ」

耳元で旦那が囁いた。吐く息が気持ち悪くて怖気《おぞけ》が走った。何とか首をぶんぶん横に振って、必死で意思を伝えた。何回も何回も。

そしたら旦那がな。ふっ、って表情を弛めよってん。

よかった、って一瞬気ぃ抜いた瞬間、首摑《つか》まれたわ。

絞められてないのに息が詰まった。ほんまに殺されるかもしれへんって、涙が止まらんくなった。喋ろう、叫ぼうって頑張ってんけど全然あかんかった。

「俺の言うこと聞くか？」

うなずいて返したよ。何回も「はい」って答えた。そしたあの人、こう言うてん。

「せやったら次は手伝え」

二人で準備して、日曜夕方に、買い物に行こうって輝さんを車に乗せてん。出る直前に睡眠薬入りのお茶飲ませたら、五分走ったくらいでぐっすり寝はった。そのまま笈戸山に行って、車で行けるとこまで行って、獣道通って山の奥の人気《ひとけ》のないとこまで、輝さんを運んだ。

旦那は怖がっててん。持ち運ぶくらいはできても、切ったりはでけへんて。何が出てくるか分からんからって。でもやり方は教えたるって、いろいろ指示出した。わたしはそれを聞いて、言うとおりにした。

何したかって？

包丁で首斬って埋めた。

胴体は胴体で、離れたところに埋めた。

そしたらもう帰ってけえへんのちゃうかって、旦那が考えてん。

川の水汲《く》んできて、こまめに流しながらやったから、においもそんなにせんかった。

斬ってる途中でいっぺん「ぐうう」って喉《のど》から声が出た時は、わたしも旦那も近くの木の陰まで避難したよ。あれ、何やったんやろね。きっと空気が変な感じで胸とか喉に流れ込んだせいやろな。

誰にも見つからんと戻ったよ。お義母さんも何も気付いてなかった。

それが一昨日《おとつい》のことや。

そこから一睡もしてへん。全然寝られへんの。仕事も行ける状態ちゃうから休んでる。何でってそんなん決まってるやん。

七日経ったら帰ってくるかもって、考えてもうたら気になってまうやろ。

今までと何も変わらん輝さんが帰ってくるんか。それとも今回は変わった輝さんが帰ってくるんか。分からんけど帰ってきたらどないしようってなるやろ。想像しただけで呼び鈴の音が聞こえてくる。ノックの音もする。家にいても外にいても。新幹線乗ってる間もな、ずっと考えててん。

なあ、野崎くん。

一緒に家まで来てくれへん？　こういうの好きな野崎くんやったら、いろいろ対処してくれるやろ？　アドバイスくれるやろ。

今から来て。帰りの乗車券と特急券、取ってあんねん。

お願い。

もう助けてくれそうな人、他におらんから。

旦那もいつの間にかおらんなってんねん。何でやろ。
信じてへんの？　まあ、そらそうやろね。
じゃあこれ見たら信じてくれる？　危ないからちょっと離れて。
そう……包丁や。
茶色いのは輝さんの血。
これで分かってくれたやろ、野崎くん。
今からうちに来て。

山中に男性の首と胴　妻を逮捕

兵庫県T警察署は27日、今月10日に同県T市の笈戸山で発見された男性の頭部と胴体が、同市に住む小橋健太郎さん（38）であり、夫を殺害した疑いで妻の希代子（35）を逮捕したと発表した。遺体は著しく損傷しており、歯型などでの特定は困難とされていたが、DNA鑑定の結果、健太郎さんであると判明。健太郎さんの勤め先である飲食店店長によると、健太郎さんは真面目で人当たりもよく、また妻である希代子容疑者への労いの言葉をよく口にしていたといい、「心当たりが全くない」とのこと。一方、同居中の母親は二年前から寝たきりで認知症を患っており、警察では希代子容疑者が介護のストレスから犯行に及んだものとみて捜査を進めている。調べに対し希代子容疑者は「遺体は夫ではなく義兄に化けた鬼の子のものだ」「夫に命令されて仕方なく殺した」と意味不明の供述をしており、同署では詳しく事情を聞くとともに周辺の聞き込み捜査を行っている。

健太郎さんの兄、輝さんは平成元年5月、笈戸山で何者かに連れ去られたきり行方が分からなくなっている。

――「毎朝新聞」平成三十年九月二十七日夕刊・関西版より

赤い学生服の女子

※

やけに広く真新しいエレベーターに一人で乗り、上へと向かっている。扉と反対側の壁に張られた、大きな鏡を見つめている。鏡には私が映っている。三ヶ月前に三十歳になったばかりだが、急に老けた気がする。頬の肉が垂れ、無精髭《ぶしょうひげ》に白いものが交じっている。意識を取り戻した時はほぼスキンヘッドだった髪が、今は五分刈り程度に伸びている。

顔色は頗《すこぶ》る悪い。

病衣は薄緑と薄オレンジのチェック柄だった。

右手の指と、左手の肘《ひじ》から先は包帯が巻いてあった。どちらも感覚はほとんどない。右足に至っては動かすこともできない。松葉杖《まつばづえ》で辛うじて移動できるが、まともに歩くことは不可能だ。

でも行かなければならない。
行って会わなければならない。
彼女に。独りで寂しい彼女に。
そろそろだ。私は松葉杖で体勢を整えながら、身体を百八十度回転させる。
〈七階です〉

扉が開いた。

無機質な廊下は真っ暗で、誰もいない。深夜だから当然だ。七階には「カフェテラスサンシャイン」と名付けられた食堂があるが、この時間は営業していない。本来なら鍵《かぎ》も締まっているはずで、そもそもエレベーターも停まらない。

だが今は違う。今の私は違う。看護師にも見つからず病室を出て、廊下を歩いてエレベーターに乗り七階に行くことができる。食堂に入ることもできる。

理由は一つ。彼女に見定められたからだ。

今までの〝ルームメイト〟たちと同じように。

私はエレベーターから下りた。

一

入院して二十日が経った、らしい。

体感的にはその半分ほどで実感がまるでない。最初の十日は意識を失っていたせいだ。

平日夕方。営業車で下道を走っていると、前の車が突然ぺしゃんこになった。慌てて急ブレーキを踏む。追突は回避できた。何かが落ちてきたらしい、タイヤだ、いや車だ、新たにバイクも、人も落ちてきた、危ない――。

そこで意識が途絶え、目を開けたら病院のベッドにいた。頭を剃《そ》られ、縫い痕《あと》が出来ていた。頭を強く打って脳内に出血したため開頭手術をした、と医者に後から説明を受けた。ちょうど真上の高速道路で大規模な玉突き事故があり、私は営業車ごと、墜《お》ちてきたワゴン車の下敷きになったという。

頭以外に大きな怪我はなかった。骨折なし、内臓の損傷なし。全身のあちこちに軽度の打撲と擦過傷。奇跡と言っていいだろう。だが脳へのダメージは大きかったらしく、目覚めた当初はずっと目が回っており、発話もままならなかった。そして未《いま》だに入院し、リハビリの日々を送っている。

東京都東村山《ひがしむらやま》市にある三《み》ツ角《かど》学院大学病院。それなりに歴史はあるはずだが最近改装したそうで、設備も内装も新しい。

私が入院しているのは外科入院病棟三階の四人部屋「３０７」。割り当てられたベッドは部屋に入って右側、窓際の「Ｄ」だ。番号で呼ぶなら私は入院患者３０７Ｄ、ということになる。

現在は目眩《めまい》もなくなり、会話も問題なくできる。だが時折手足が痺《しび》れ、軽度の記憶喪失もある。例えば昨日のリハビリでは、朝食のメニューが全く思い出せなかった。退院の許可はまだ下りない。

焦りの感情は芽生えなかった。ずっとこのままで構わない気さえしてきた。どうせ私がいようといまいと――。

「痒《かゆ》いところございませんか、古市俊介《ふるいちしゅんすけ》さまぁ」

わざとらしく鼻にかかった声がした。

シャッ、と小気味のいい音がしてカーテンが開く。

入ってきたのは茶色い髪を引っ詰めにした、大柄な女性看護師だった。マスクで目元しか見えず、その目もふさふさの付け睫毛《まつげ》で隠れている。胸元の名札には「浜木《はまぎ》（日《ひ》浦《うら》）」と書かれていた。丸カッコの中は旧姓らしい。明記する理由は分からないが、或《あ》いはこの病院に複数の浜木姓が勤務しているのかもしれない。

浜木さんは楽しげに手を差し出して、

「この後お出かけとかされます？　ワックスか何か付けましょっかぁ？」

先程と同じ口調で言った。今日は美容師の物真似をしているらしい。

「当分出かける予定はないので」

私は大真面目に答えながら、さっきまで腋《わき》に挟んでいた体温計と、今日の朝・昼・夜の体温や排便の時刻を記録した紙を差しだした。後者は毎日、およそこの時間に来る看護師に提出する決まりになっている。

「そんなあ。元気になってさっさと出てってくださいよ」

浜木さんは笑った。彼女なりのやり方で元気付けてくれているのは理解できたが、笑い返す気にはなれなかった。

彼女が部屋を出て行ってから、私は最適な角度に調整したベッドにもたれた。室内には他の入院患者の談笑が聞こえている。笑い声は最年長の森《もり》さんだろう。話し相手は最年少の蒲原《かんばら》くんだ。水品《みずしな》くんも参加し始めた。私も交ぜてもらおうか。

入院生活は快適だった。むしろ過ごしやすいほどだった。それに誰も私のことなど心配してはいないし、必要としてもいない。その証拠に目覚めてから今まで、誰も見舞いに来ていない。意識を失っている間に来たこともないという。

会社の人間も、妻も、息子も。

必要とされていないなら、頑張って「さっさと出て」行く必要もないだろう。

スマートフォン、タブレット、携帯電話、ノートパソコン。デバイスは事故で全て壊れた。それだけではない。誰かに連絡したい、連絡しなければという意思まで無くなってしまった。本当に用があるなら、会いたいなら向こうから来るだろう。

こう考えてしまうのも後遺症の一つだろうか。

「むしろ本来の姿なんじゃないかな」

翌朝、３０７Ｃのベッドで森さんが言った。六十六歳。細い顔は包帯で目鼻以外隠れている。定年退職した翌日、スポーツジムで火事に遭って大火傷を負ったという。

「操られてたんだよ。連絡する必要があるからスマホを持ってたんじゃなくて、スマホを持ったことで連絡する必要があると思い込まされてた、というかね」

「ですね」

「デバイスを失くしただけで絶たれてしまう人間関係なら、最初からその程度だったってことさ」

「かもしれませんね」

ブブブ、と森さんの手にしている古い携帯電話が震えた。

「やれやれ、山の神だよ。失礼」とまんざらでもなさそうな顔で言うと、彼は病室を出て行った。いつものことだ。朝食後、ラウンジで奥さんと電話をするのが彼の日課だ。

窓の外は雨だった。

雨に煙る家々を見ていると、胸の奥がちくちくと痛んだ。先程の森さんの言葉がまだ刺さっているらしい。

妻の顔、息子の顔が頭に浮かんだ。名前は——。

名前が出てこない。

これで退院するのは甚だ不安だ。顔を合わせれば傷付けてしまう。そうだ。だからまだ会う時機ではない。連絡する段階ではない。今はこれでいいのだ。

自分を納得させながら、私はベッドを下りた。カーテンを開け、トイレに向かおうとしてはたと気付く。

３０７Ａのベッドが空になっていた。

水品くんがいなくなっていた。同い年で同じ頃に入院した、トラックの運転手だ。彼の私物は全て無くなり、シーツもマットレスも取り去られている。

退院したのだろうか。それにしては急すぎる。

「ああ、水品くんね。そういえば言ってなかったな」

戻ってきた森さんが言った。携帯電話とペットボトルを手にしている。

「昨夜亡くなったよ。古市くんが眠っている間に」

「え？」

「二時くらいかなあ。眠れずにいたらシャッて音がして、彼がふらっと出て行ったの。しばらくしたら廊下がバタバタしてさ。で、静かになって看護師の皆さんが来て、ご覧のとおりに片付けちゃってね。さすがにおかしいって思って訊《き》いたの」

「し——原因は？」

「死因」という言葉は不謹慎な気がして、咄嗟《とっさ》に言い換えていた。入院したのは両足を複雑骨折したからで、それで死ぬとは考えにくい。

「教えてもらえなかった」

と、森さんは顎《あご》を撫《な》でた。

そんなことがあるのか。

骨折しただけでも急死するものなのか。他の入院患者に死因は教えられないのか。死んですぐ私物は撤去されるのか。森さんもごく普通のこととして受け入れている。慣れているのか。ここではこうしたことが当たり前なのか。

人のいた気配が完全に拭《ぬぐ》い去られた３０７Ａのベッドを見つめながら、私は人生の儚《はかな》さを思った。

「あの」

３０７Ｂの蒲原くんが呼んだ。ニキビだらけの顔が青ざめている。十七歳のサッカー少年だが、いつもの元気がまるでない。水品くんの死で動揺しているのだろうか。

「どうしたの」私は訊《たず》ねた。

「あ、やっぱいいっす」

「それは気になるよ」

「なるね」と森さん。

蒲原くんは腕に刺さった点滴の針を見つめていたが、やがて小さな声で言った。

「実は昨日、オレ水品さんと寝る前に話したんすよ。ちょっとだけですけど。そん時水品さん、なんか変なこと言ってて」

「そうなの？」

私は目を丸くした。

「ええ。そん時は眠いのかな、疲れてんのかなって思ったんすよ。ぼーっとしてたし。でも今考えると……」

「何て言ってたの？」

森さんが訊き、私は頷《うなず》く。蒲原くんは更に小さな声で、

「……ってくるよ」

「え？」

「これから赤い学生服の女子に会ってくるよ――って。確かに言ってたんすよ。食堂で

待ってる、独りで寂しがってるって」

森さんが顔をしかめた。

私の頭と胸が同時に、ズキンと痛んだ。

二

そろそろ日付が変わる、だろう。

そう推測はしたが、時計を確かめる気にはなれなかった。

病室は真っ暗だった。寝息と衣擦《きぬず》れの音だけが微《かす》かに聞こえる。窓のカーテンをそっと捲《めく》ると、霧が出ていた。街灯の光が拡散され、ぼんやりと明るいが何も見えない。

眠れなくなっていた。頭と胸の痛みは未《いま》だに引かない。朝の会話が思い出される。

「寝言だよ」

と森さんは一蹴《いっしゅう》した。それが最も合理的な判断だ、とも言った。私も全く同じ意見で、それで話が終わっていれば、今頃はぐっすり眠れていただろう。

だが意外なことに、蒲原くんは反論した。

「オレも単品で聞いたらそう思うっすよ。でもこれ、中学校で聞いた噂と微妙にリンクしてるんす。学校の怪談っていうんすかね」

「余計に嘘臭い気もするけど……」

森さんは言ったが、表情は明らかに興味を抱いた時のそれだった。蒲原くんは察したらしく、空咳《からせき》をして続きを話し始めた。

「オレ、三ツ角中学出身なんすよ。こっから徒歩でギリ行けるくらいのとこにある、ボロい公立ですけど」

「ここの関連？」

森さんが両手の人差し指で床を指す。

「いや、ここは三ツ角学院大学って全然別の私大の病院です。山梨にも神戸にもあるじゃないすか、そういう紛らわしい大学」

「東北にもあるね。あと東京だと明治。それで？」

「その中学で昔、女子が変死したんす。保健室で血だらけで死んでたっていう、ぼんやりした話なんすけど、自殺か他殺かも分からないんすよ」

「ほんとに？」

「実際にあったかは分からないすけど、噂だとその子が救急車で運ばれたのが、まさにこの病院なんです。着いた頃には息を引き取ってて、ブラウスから何から血で真っ赤に染まってて」

背中を汗が伝った。

鼓動が速まるのが分かった。

「それからこの病院では、夜になると真っ赤な学生服を着た女子が彷徨《さまよ》うようになったんす。で……」

　胸が痛い。

　頭痛も酷《ひど》くなっている。

「この話を聞いた人は四日後」

　蒲原くんの声はほとんど囁《ささや》き声だった。

「夢にその女子が出てきて、魂を取られます。助かりたければ寝る前に、この呪文《じゅもん》を唱えてください——あぎょうさん、さぎょうご、いかに」

「作り話じゃないか」

　森さんが苦笑いを浮かべた。

「それ、いま四十の倅《せがれ》が中学の時に言ってたよ。いやあ、変わらないもんだねえ」

「私も子供の頃、同じオチの話を聞いたことがあります」

　辛うじて同意を示す。

　呪文は実は簡単なクイズだ。その意味するところは「ア行の三番目、サ行の五番目、さあ何でしょう？」で、答えはもちろん「ウソ」。つまり、この話は嘘だと結末で明かしているのだ。だから信じるに値しない。当然のことだ。しかし。

「もちろんオレもオチの意味は分かりますよ。でも赤い学生服の女子って水品さんが言ってたのと同じですよね？　それに水品さん、ずっと栃木に住んでて、この辺に越して来たの半年前だって言ってました」

「君の母校から栃木に噂が伝わることは、充分に有り得るんじゃないかなあ。それを覚えてて、昨夜寝ぼけて偶然口にした、というのはどうかな」

森さんの指摘と仮説は納得のいくものだった。

「まあ、そっちの方が現実的っすかね」

蒲原くんの顔も晴れやかになっていた。

そこからの話題は短時間で何度も変わり、やがて二人は数日前テレビ中継された、自称聴覚障害者である自称音楽家の記者会見について話し始めた。

私だけが恐怖を感じていた。引き摺《ず》っていた。それだけではない。苦痛を感じ悲嘆に暮れていた。

まさか。馬鹿な。何故。どうして。

こんな話があるものか。

（古市、私立受けるの？）

あの日、彼女は訊《き》いた。

（うん。言ってなかったっけ？）

私は訊き返した。

本当は覚えていた。忘れるはずがなかった。私は彼女に伝えるのを先延ばしにしていたのだ。朝起きた時に「今日こそ言おう」、夜寝る前に「明日《あした》こそ言おう」、その繰り返し。そして——。

苦い後悔の記憶から抜け出せず、寝言の振りをして呻《うめ》いていると、シャッ、とカーテンの音がした。

真っ暗な病室のベッドで、私は耳を澄ませた。

ぱきぱき、と関節が鳴り、しばらくしてスリッパが規則正しく床を叩《たた》き始める。位置から察するに蒲原くんだ。歩いているのだ。

おかしい。そう直感した。

遅れて根拠に思い当たる。

歩調が違う。それにこの時間に彼が起きるのも不自然だ。一度寝たら起きない、と聞いたのはいつだったか。

彼が病室を出た。みるみる足音が遠ざかる。私はベッドから身体を起こすと、床のお決まりの位置に置いたスリッパに足を突っ込んだ。

廊下は薄暗かった。天井に並んだ丸いＬＥＤライトは、昼間の半分しか灯《とも》っていない。それでも蒲原くんの背中は見えた。ナースステーションの前を通り、角を曲がる。私は忍び足で後を追った。

看護師の姿はなかった。足音も、キャスターの音もしない。ナースステーションの受付窓は、内側から薄緑色のカーテンが下りていた。深夜は閉めるのか。そんなことがあるのか。初めての景色に戸惑いながら、私は追跡を続けた。

蒲原くんが突風で倒れたサッカーゴールの下敷きになり、内臓破裂で入院したのが一ヶ月前。会話は問題なくできるが食事はできず、歩くことも難しい。「腹に響くんで摺《す》り足でしか歩けないんすよ」と、彼から直接聞いている。就寝前、トイレに行く時もそうやって歩いていた。

それなのに今は背筋を伸ばし、交互に規則正しく足を前に出している。

やはりおかしい。私は確信した。

階段で一階に下りる。ロールカーテンが下りている総合受付で立ち止まり、くるりと引き返す。私は自動販売機の陰に隠れ、彼が通り過ぎるのを待った。息を潜めて距離を取り、また後を尾《つ》ける。

隠れる必要などない、と今更のように気付いたが、だからといってわざわざ声を掛けるのも不自然だ。無言で背中を追っていると、彼は再び階段を上り始めた。

誰ともすれ違わない。気配すらしない。吹き抜けに響くのは蒲原くんの足音だけだった。三階に戻り、廊下を渡って彼が向かったのは、３０７号室からほど近いラウンジだった。

廊下の壁にもたれ、そっと中を覗《うかが》う。目の前に彼の背中があり、咄嗟《とっさ》に息を止める。彼はラウンジに入ってすぐの所に突っ立っていた。

四十平米ほどの暗い、四角い部屋。

壁に自動販売機が二台並んでいる。ボタンには全て「販売中止」の赤い表示が灯っている。隣にはウォーターサーバー、更に隣に洗面器と鏡。屑籠《くずかご》。黄色い丸テーブルが四つ置かれていた。それぞれを四つの黄色い椅子が取り囲んでいた。

突き当たりの大きな窓にはブラインドが下りていた。その手前に誰かが立っていた。

背の高い、すらりとした人影。

髪は短く、首は長く、俯《うつむ》いているので顔は見えない。膝丈《ひざたけ》ほどのスカートを穿《は》いている。もっとよく見ようと背伸びをしたところで、

りん、ぴきん。

一本の蛍光灯が鳴り、灯り、真下の人影を照らした。

あっ、と声を上げそうになるのを手で押さえる。凄《すさ》まじい悪寒が全身を走り抜ける。

学生服を着た、血まみれの女子だった。

白かったはずのブラウスは赤く濡《ぬ》れそぼち、肩と胸に張り付いている。プリーツスカートも血で光っている。首も指も膝《ひざ》も、伝い落ちる血で赤い。

この距離でも顔は見えなかった。

〈赤い学生服の女子〉か。

剝《む》き出しの蛍光灯の下で、彼女は右手を控えめに上げた。ゆっくり手招きする。ふらり、と蒲原くんが足を踏み出し、彼女に近付いていく。女子が手招きする度に、一歩ずつ、確実に。

駄目だ、いけない。その子に近寄るな。

警告が頭の中に鳴り響いたが、言葉にならない。口の中は痛みさえ覚えるほど渇き切り、舌が張り付いて動かせない。それでも必死で振り絞る。

「か……」

口から出たのは声とも呼べない、意味を為さない音だけだった。

彼女が手を止めた。蒲原くんが立ち止まった。

瞬間、緊張が解けた。

私は彼の腕を摑《つか》んで、ラウンジから引っ張り出した。すぐに駆け出す。

「え、何すか古市さん」

無表情で蒲原くんが言った。寝ぼけているのか。

「逃げよう、とりあえず部屋――」

「駄目すよ」

彼は真顔で答えた。足を踏ん張り、私の手を払いのける。突然のことに私はその場に立ち竦《すく》んでしまう。

ナースステーションの真ん前だった。

蒲原くんの向こう、ラウンジの出入り口から禍々《まがまが》しい気配が漏れ出ている。赤い、黒い、邪悪な気配が。見えないが感じてしまう。息苦しさまで覚えてしまう。

「あの子、待ってるんすよ。独りで寂しいって言ってるんす。だから」

蒲原くんが言った。細い目は大きく開かれているが、私に焦点を合わせていない。

彼の背後、ラウンジからショートカットの頭がぬっと現れた。赤く染まった身体が続く。足音はしない。蛍光灯の青白い光が瞬き、滴る血を照らす。

無理に目を逸《そ》らすと、受付窓の桟に取り付けられた、小さな呼び出しボタンに気付いた。考える前に手を伸ばし、ボタンを何度も押す。

呼び出し音はしなかった。

誰かが出てくる様子もない。声もしない。どうなっているのだ。

「じゃ、いいすか」

「よくないよ、逃げよう」

顔を上げると、女子がいなくなっていた。気配も消えていた。床に滴った血も消えている。

「もう手遅れなんすよ、オレ」

蒲原くんが言って、寂しそうに笑った瞬間。

ガラガラ、と手元で凄《すさ》まじい音が鳴った。

受付窓が開いていた。

そこから赤い手が伸び、私の左手首を摑《つか》んだ。

ぬるりとした感触とともに、強烈な冷気が皮膚を、筋肉を貫いた。

「お兄さん、患者のお兄さん。違う違う……フルイチさん」

私は目を開けた。中国籍の看護助手・張《チャン》さんが「あ、起きた起きた」とシミだらけの顔を綻《ほころ》ばせ、白いマスクを付け直す。

朝の光がカーテン越しに、病室に差し込んでいた。

「心配したよ。朝ご飯、持ってきていい？」

「お……お願いします」

焼け付くような喉《のど》の痛みに顔をしかめながら、わたしはつい答えた。実際のところ全く空腹は覚えておらず、むしろ嘔吐《おうと》感に苛《さいな》まれていた。

「浜木さーん、フルイチさん起きた」

「本当？」

浜木さんがカーテンを開けて入ってきた。脈を測って「よかったー」と付け睫毛《まつげ》を揺らす。

「そんなに危なかったんですか？」

「先生呼ぶところでした。念のため後で診てもらうよう手配しますね」

「すみません」

詫《わ》びたところで全身汗だくなのに気付いた。

体調を崩して悪夢を見た、ということらしい。

浜木さんが私の容態を調べている間に、張さんがテーブルに朝食を置いて出て行く。

「替えの服、取ってきますね」

「いえ、自分でやりますよ。どのみちトイレ行くんで」

浜木さんの申し出をやんわり辞退して、私はスリッパを履いてカーテンをくぐった。

向かいの３０７Ｂのベッドが目に留まる。

蒲原くんが消えていた。

持ち物も綺麗《きれい》さっぱりなくなっていた。折りたたまれたシーツとタオルケット、枕がマットレスの一角に重ねて置かれていた。

呆然《ぼうぜん》と立ち尽くしていると、部屋を出ようとしていた張さんが、こちらに気付いて足を止めた。

「カンバラさん、亡くなったよ」

と、顔をしかめる。

「いつですか」

「わたしいなかったけど、夜中だって」

「なんで、ですか」

「分からない」

張さんは首を振った。

浜木さんに至っては答えることすらしなかった。沈痛な面持ちで、そっと目を伏せただけだった。

三

夢ではなかった、らしい。

証拠は二つあった。蒲原くんが急死したこと。そして私の左腕がおかしくなったこと。

午前のリハビリで医師の質問に答えている最中、左手が怠《だる》くなった。昼食を取る頃には肘《ひじ》から先が酷《ひど》く痺《しび》れ、夕食の頃には抓《つね》っても叩《たた》いても、ほとんど何も感じなくなった。辛うじて動かすことはできるが、汁椀《しるわん》を持ってみても手触りも重さも分からない。

医者に診てもらった頃には、左腕が灰色になっていた。古いアスファルトのような、或《ある》いは死人のような灰色に。

当直医は細かく検査してくれたが、原因は分からなかった。森さんには自分のことのように心配された。

「さすがにこうも不幸が続くと、ね」

包帯の間から覗《のぞ》く彼の目には、不安の色が浮かんでいた。

その夜は一睡も出来なかった。

トイレにも行けなかった。

隣のベッドの衣擦《きぬず》れの音も、廊下の足音も、人が半分に減った３０７号室の静寂も神経に障った。

目を閉じればラウンジの光景が瞼《まぶた》の裏に浮かび上がった。白い光に照らされる赤い姿も。受付窓から伸びる赤い手も。

摑まれた手の、凍りつくような冷たさも思い出してしまった。

長い夜が明けた頃には疲労困憊《こんぱい》し、その日は朦朧《もうろう》として過ごした。浜木さんに頼んで睡眠薬を処方してもらったが、大した効果はなかった。

ふらふらになって数日を過ごし、時間の感覚がいよいよおかしくなった頃、

「参ったな」

森さんの沈んだ声がして我に返った。私はベッドに腰掛けて外を見ていた。僅《わず》かだが落ち着きを取り戻していた。周囲のことに気を回せる余裕ができていた。

「ううん、困ったな」

森さんがまたつぶやく。

「……どうか、されましたか」

カーテン越しに呼びかけると、いつもの穏やかな声が返ってきた。

「あれ、僕、声に出してた？」

「ええ、参ったな、困ったなって」

「そうか」

カーテンが開き、森さんが「やあ」と携帯電話をかざした。

「カミさんと繋《つな》がらなくなっちゃってさ。着信はあるんだけど、出たら切れちゃう」

「かけ直してみたら……」

「呼び出し音はするけど出ないんだよ」

「ロビーに公衆電話、ありますよね」

「試したよ。駄目だった。出ない」

どうしたんだろうなあ、と首を捻《ひね》る。私はそこでようやく、今が朝食後のひとときだと気付く。今朝のメニューはおろか、食べたかどうかも思い出せなかった。

森さんはこれまでより縮んで見えた。影も薄くなっているように感じられた。生きることから離れているように思えた。

「あの……大丈夫ですよ。電波の不調とか向こうの携帯の不具合だとか、あとタイミングが悪かっただけかもしれません」

「そう考えるのが普通だね。うん」

「落ち込むのは分かります。お電話、楽しみになさってますもんね」

「ただの世間話さ」

森さんは照れ臭そうに言ったが、すぐに真顔になった。携帯を握りしめる。

「まあ、これで繋ぎ止めてるところはあるかもね。結構辛《つら》いんだよ。基本痛いし、そうでなきゃ痒《かゆ》いし。微熱がずっと下がらない」

意外だった。そんなに酷いとは想像もしていなかったが、それ以前に彼が自分の容態について話すのを初めて聞いた。

「正直、元気な君が羨《うらや》ましいと何度も思っ……ああ、申し訳ない、忘れてくれ。今のは勝手すぎる」

「私は森さんが羨ましいですよ」

思わずそう返していた。

「奥さんから毎日電話が来て、世間話ができて。うちとは大違いです。まあ仕方ないんですけどね。妻も子供も、ずっと放ったらかしでしたし」

励ますつもりが自分の話をしている。自覚はあるのに止められない。

「じゃあ家庭そっちのけで仕事頑張ってたのかっていったら全然そんなことなくて、クビにならない程度に手を抜いてます。親しい人間もいません」

だから誰の名前も出てこない。会社の人間も、妻も子供も、顔は浮かぶのに名前は思い出せない。頭を打ったせいだけではない。森さんが言っていたとおりだ。

最初からその程度だったのだ。

成り行きで知り合い、惰性で繋がっていただけ。昔からそうだった。学生の――高校に入った頃には誰にも、何にも興味がなくなっていた。外面だけはそれなりに偽装して、角が立たないように生きてきた。それだけだ。だから連絡など来ない。来るわけがない。

こんな人間になった原因は分かっていた。どういう運命の悪戯《いたずら》か、今や目の前に立ち現れていた。

彼女が死んだせいだ。

私はベッドに腰掛け、麻痺《まひ》した灰色の左手を見つめていた。

「色々、考えてしまうよね」

森さんが言った。肯定するでもなく否定するでもない、寄り添うような言葉だった。

「まあ、僕と君も、どっちかが退院したらそれでお終《しま》いだろう。連絡先くらい交換するかもしれないけど、ずっと親しくできるかは分からない」

「ですね」

そういう話ではないのだ、と頭の中でだけ反論する。

「でも、それでいいんじゃないかな。無理して密な人間関係を作らなきゃいけないわけじゃないし。むしろ単なる隣人だからこそ、こうして打ち明け話もできるわけだし」

「……かもしれませんね」

「うん。だから僕も今夜、赤い学生服の女子に会いに一階のロビーに行くんだ。独りで寂しいだろうからね」

森さんは世間話のように言って、ちょっと疲れたよ、ごめんね、と横になった。カーテンが閉まる。

悪寒が身体に広がっていった。私は座ったまま、眼前のカーテンを見つめていた。

今度は３０７号室を出る前に声をかけよう。森さんと〈女子〉を会わせないようにしよう。

そう決意していたはずが、ふと気付くと病室は真っ暗だった。午前一時を過ぎていた。307Cのカーテンは開け放たれ、掛け布団が床に落ちていた。私物はまだ置かれている。

こんな時に限って寝てしまったのか。

「畜生っ」

太股《ふともも》を何度か力任せに叩《たた》いて、私はベッドから飛び出した。まだ間に合う。いや、間に合わせる。

階段を駆け下り、廊下を走った。今回も誰とも会わない。或いはここは現実ではないのかもしれない。蒲原くんの話によると、〈女子〉は夢に現れるのだ。

角を曲がると、廊下の遥《はる》か向こうにロビーが見えた。総合受付にはロールカーテンが下りている。

その前に森さんが突っ立っていた。

「森さん！」

息を切らしながら長い廊下を渡りきり、ロビーで森さんの肩を叩く。

「ああ、どうしたの」

周囲に人影はない。あの邪悪な気配もしない。森さんも目を瞬かせている。

「ごめん、何で僕、ここにいるのかな」

正気だ。間に合ったのだ。私は彼の腕を摑《つか》んで、元来た道を戻った。森さんは辺りを見回しながら、どこか楽しげに話している。

「これって夢遊病？　寝ぼけてこんなに歩くことってあるの？」

「分かりません、とりあえず戻りましょう」

「まあ戻るけど、いやあ、すごいなあ。カミさんにも報告しなきゃ」

「吃驚《びっくり》されるんじゃないですか」

「いや、きっと笑われるよ。きっと脳味噌《のうみそ》が馬鹿になってるって――」

引っ張る腕に強い抵抗を感じ、私は廊下の中程で立ち止まった。振り返ると、森さんが身体を捻ってロビーの方を向いていた。

ロビーの真ん中に赤い人影が立っていた。

真っ赤な顔と首、ブラウス、濡《ぬ》れたプリーツスカート、膝《ひざ》、ハイソックス。上履き。蛍光灯の下で、仁王立ちでこちらを見ている。

顔は判然としなかった。

確かめようと目を凝らした時、森さんが私の手を振り払おうとした。慌てて力を込める。

「駄目です、駄目ですって」

「いいじゃないか。もう電話も繋がらない」

森さんは私を見て、寂しそうに笑った。

〈赤い学生服の女子〉が歩き出した。

一直線にこちらに向かってくる。

足音も立てずに迫ってくる。みるみる近付いてくる。動けない。走って逃げるにはどうすればいいか、焦ってさっぱり思い出せない。

恐怖が身体を貫いた。その瞬間、

「比《ひ》嘉《が》さん！　止めろ！」

私は叫んでいた。

〈女子〉が立ち止まった。

声が廊下に反響し、消える。数メートルほどの距離なのに、顔は相変わらず見えない。ただ赤いことだけは分かる。

彼女が足を止めた。

言うことを聞いてくれた。

ということは。

「比嘉さん？」

再び名前を呼んだその時、腹に鈍痛が走った。森さんが私の鳩尾《みぞおち》に拳《こぶし》を埋めていた。

うぐっ、と口から声と胃液が漏れる。

息ができない。涙が溢《あふ》れ出る。

「邪魔しないでほしいな」

森さんはそう言うと、私を思い切り突き飛ばした。転ぶと今度は何度も踏み付けてくる。日頃の彼からは想像もできない行いに、私は何も考えられなくなった。夢中で頭を守り、転がって蹴《け》りをかわす。

「森さんっ」

「僕はもう、手遅れだからね」

森さんの病衣のあちこちに、血が滲《にじ》んでいた。顔の包帯が解けガーゼが剥《は》がれ、膿《う》み爛《ただ》れた皮膚と肉が露《あら》わになる。

そのすぐ後ろに〈女子〉の赤い顔があった。

森さんの上から私を覗《のぞ》き込んでいた。

これほど近いのに、やはり顔が分からない。天井の蛍光灯が逆光になっているからか。

そう考えたところで、右足が凍りついた。

右の臑《すね》を掴まれていた。

首筋を伝って頭にまで、痺《しび》れるような冷気が走る。食い縛った歯の間から、裏返った呻《うめ》き声が漏れる。絶望的な気持ちになりながら、私は出鱈目《でたらめ》に手足を振り回した。

彼女が手を離した。

目の前の壁にドアがある。少しだけ開いていて、隙間風が入り込んでいる。咄嗟《とっさ》に立ち上がってドアノブを掴み、引き開けて中に飛び込んだ。途端に足が空を切り、派手に転んでしまう。

倒れ込んだのは草むらだった。

枯れた草がちくちくと頬を刺す。

中庭だった。

私は病院の中庭に仰向《あおむ》けになっていた。霧雨が音もなく肌を濡らしている。地面は病棟の床より少し低くなっていて、廊下のドアとは小さな階段で繋《つな》がっていた。私は階段を踏み外したらしい。

あちこちの痛みに呻きながら立ち上がると、窓越しに廊下が見えた。二つの人影がこちらを見つめていた。

虚《うつ》ろな表情の森さんと、赤い〈女子〉だった。どちらも私を見下ろしていたが、やがてロビーの方へと歩いて行った。警戒のあまりずっと目が離せなかったが、二人は一度も振り返らなかった。

助かったのか。

私は見逃してもらえたのか。逆に森さんは見逃してもらえなかったのか。

考えているうちに力が抜け、私はその場に蹲《うずくま》った。

「お兄さん、違う、フルイチさん」

張さんの声に私は飛び起きた。

朝だった。３０７Ｄのベッドの上にいた。

雨にでも打たれたかのように、全身が汗で濡れていた。

「ああ、よかったあ」

傍らで浜木さんが本当に嬉《うれ》しそうに胸を撫《な》で下ろしたが、私はそれには構わず隣のカーテンを開けた。

３０７Ｃのベッドは空だった。

「夜中、ですか」

私が問い質《ただ》すと、二人は無言で、小さく頷《うなず》いた。

右足が完全に動かなくなったのは、その日の昼過ぎのことだった。

四

死因は不明らしい。

今回は張さんが大まかに教えてくれた。森さんは深夜二時、ロビーで倒れているところを看護師に発見されたという。その時点で既に心臓が止まっていた。何故彼がそんな所にいたのか、誰にも分からなかった。

私以外は。

手つかずの夕食を下げてもらうと、私は松葉《まつば》杖《づえ》を突いてロビーの公衆電話に向かった。持っている全ての十円玉と百円玉を放り込み、自宅にかける。

妻の声が聞きたかった。息子の声が聞きたかった。たとえ冷淡でも生返事でも構わない。この病院の外にいる誰かと話したかった。

何十回かけ直しても誰も出ず、全て留守番電話に繋がった。妻の携帯にかけても同じだった。電話機を破壊したい衝動に駆られながら、震える指で会社の、所属する部署の番号を押す。

七コールでカチリと音がした。

「すみません、入院中の古市ですが――」

「おかけになった番号は、現在、使われておりません。番号をお確かめのうえ、もうい」

私は受話器を振り上げ、ありったけの力を込めて筐体《きょうたい》を殴り付けた。何度も何度も。握りしめる指を巻き添えにして。

悲鳴がする。怒号がする。背後でばたばたと走り回る音が増えていく。警備員に取り押さえられても、殴る手を止められない。

「古市さん！」

と、浜木さんの声がした。

私は何人もの警備員たちに、床に組み敷かれていた。右手は血まみれで、指が五本ともあらぬ方向に折れ曲がっていた。

「……すみません」

話し終わった私はベッドに体重を預けた。浜木さんは丸椅子に座って、悲しそうな目で私を見ている。マスクはいつもどおりだが、付け睫毛《まつげ》は取っていた。きっと小さい目だろうと思い込んでいたが、意外に大きく力強かった。

３０７号室は静まりかえっていた。新しい患者は来ておらず、個室状態だった。空いたままのベッドが視界に入るのは耐え難く、私は３０７Ｄのカーテンを完全に閉め切っていた。

右手指の応急処置を終え、部屋に運び込まれた私は、たまたま近くにいた浜木さんを呼び止めた。そして水品さんの死から今に至るまで、見聞きしたことを洗いざらい話した。〈赤い学生服の女子〉の噂のこと、〈女子〉を見たこと。ルームメイトたちが、彼女に命を奪われたとしか思えないこと。彼女に摑《つか》まれた部分が麻痺《まひ》したこと。

話さないと気が変になりそうだった。どれほど非科学的で馬鹿げたことでも、伝えずにはいられなかった。

「こんなの看護師さんの仕事じゃないですよね」と、途中で何度も口にしたが、彼女はその度に「普通に仕事ですよ」と答えた。患者の話を聞き、心の安定を図ることも仕事の一部である、と。実際、彼女は私の話を最後まで聞いてくれた。どれほど有り得ない話でも、最小限の相槌《あいづち》を打ちながら。

紙コップの水で喉《のど》を潤していると、浜木さんが言った。

「あの、一コだけいいですか」

「ええ」

「比嘉さんって人のこと、詳しく教えて下さい」

そうだった、と私は小さく苦笑した。夢中になって肝心な部分の説明を省いてしまったらしい。身体の位置を調整して、私は再び話し始めた。

「小学五、六年の時の同級生です。比嘉美《み》晴《はる》さんっていうんですけど、まあ変わった子で。冷めてるけど人情家というか、大人びてるけど子供っぽいというか。霊感もありました」

「霊感」

「幽霊が見えたそうです。声を聞いたこともあるそうです。実際、彼女といた時に奇妙な体験をしたことが何度もあります。一度、先生も巻き込んで結構な大事になったんですけど、それは長くなるので割愛するとして」

「ええ」

「比嘉さんとは……まあ、仲が良かったんです。何だろうな。彼女は誰ともつるまないし、私も集団は苦手だしで、馬が合ったというか。休み時間によく話してました」

「そうなんですね」

「変な想像をして囃《はや》し立てる奴もいましたよ。一緒にいるとヒューヒュー熱いねってからかってくる、古典的なやつです。彼女は気にもしていませんでした。私は気にしない振りをしていました」

「振り、ですか」

「あながち的外れでもなかったというか、図星だったというか」

「それって……」

「まあその、気になってたんですよ。比嘉さんのことが」

人に言うのは初めてで、私は妙な緊張を覚えていた。水で唇を湿らせる。

「もちろん本人には言えませんでした。現状維持が精一杯でした。で、小学校を卒業して私は私立、彼女は公立。それでお終《しま》いです。彼女は私のことなんか、微塵《みじん》も意識していなかった」

「どうなんでしょうね」

浜木さんは目だけで微笑した。気を遣ってくれているのは分かったが、私は小さく頭《かぶり》を振った。

「比嘉さんが変死したと聞いたのは、中三の一学期末でした」

充分静かなはずの３０７号室が、更に静まり返った気がした。

「通っていた三ツ角中学の保健室で、血を流して倒れていた、自殺とも他殺とも分からない、とも聞きました。新聞にも載ったしワイドショーでも少し扱われました。ただの噂話ではなく、事実だったんです」

浜木さんの白いマスクを見つめていた。

「学校を休んで告別式に行きました。どういう理由か知りませんが親御さんは不在で、高校生のお姉さんが喪主をしていました。小さいきょうだいが大勢いて、みんな泣いていました。お姉さんに頼んだんですが、死に顔は見せてもらえず……お見せできませんの一点張りで、冷淡というか、酷《ひど》くそっけなかった」

浜木さんは黙っていた。

「それから人生がどうでもよくなりました。そうやって十五年生きてきて、ここに入院して、そしたら……」

胸が張り裂けそうになりながら、

「死んだ比嘉さんがいました。〈赤い学生服の女子〉は比嘉美晴さんです。そうとしか思えない」

残りを一気に吐き出した。

「新聞で読みました。彼女はこの病院に運ばれましたが、既に亡くなっていたそうです。あの制服も上履きも、当時の、三ツ角中学のものです。比嘉さんは今もここにいる。ここで入院患者の命を奪い続けている。水品さんも蒲原くんも森さんも、彼女に殺されました。次はきっと私です」

そうだ。

自分で言葉にして改めて確信した。次は私だ。間違いなく私だ。Ａ、Ｂ、Ｃのベッドの患者を順に殺したら、次の獲物はＤに決まっている。

第三者にとっては戯《たわ》けた妄想だろう。それ以前に、病院に居座る幽霊からして信じないだろう。目の前の看護師も似たような怪談をこれまで百も二百も耳にしているはずだから、「またか」とうんざりしているに違いない。

だが、私にとっては真実だ。

私に相応《ふさわ》しい最期だ。

やっと比嘉さんのもとに行けるのだから。しかも比嘉さん本人に導かれて。これで全て丸く収まる。

「収まりませんよ」

浜木さんが言った。

考えていたことを口に出していたらしい。

彼女は真っ直ぐ私を見つめていた。

「古市さんは弱ってるだけです。ずっとここにいて気が滅入《めい》ってる」

「違います。これは比嘉さんの意志が」

「誰もそんなこと望んでません」

ぴしゃりと撥《は》ね付ける。

静かな病室に、彼女の声が響いた。

「元気になって出てってください。死んでからじゃなくて。わたしはそのためにいるんです」

看護師ならそう言うだろう。励ますに決まっている。そう冷静に考える自分がいたが、彼女の言葉は有り難くもあった。ついさっきまで真っ黒に澱《よど》んでいた頭と心が、わずかに晴れている。

妻の顔が思い浮かんだ。息子の顔も。息子が生まれた日のこと、妻と結婚した日のことも。

「そう……ですね。すみません」

私は再び詫《わ》びた。

話は少しずつ単なる雑談になった。これ以上引き留めるのは申し訳ないな、と思い始めたところで、浜木さんは「じゃあ、そろそろ」と立ち上がった。カーテンを摑んで振り返る。

「今日はゆっくり休んでください。明日《あした》も頑張りましょう」

「ええ」

「わたしも支えます」

「ありがとう」

彼女はカーテンの向こうに消えた。折れた右手指が疼《うず》いていることに、今更のように気付く。馬鹿なことをした、大勢に迷惑をかけた。電話の修理費は幾らだろう。

現実に踏み止《とど》まれている。さっきのは気の迷いだ。浜木さんのいうとおり気が滅入っていただけだ。だから――。

今夜、〈赤い学生服の女子〉に会いに行こう。独りで寂しがっているに違いない。

何の脈絡も根拠もない思考が舞い降り、決意が固まった。感情が抑え込まれているのが分かる。これが必然だ。こうなるべくしてなったのだ、と穏やかに受け入れている。

そのまま消灯時刻が過ぎ、日付が変わった。

そろそろだ、と再び何の根拠もなく思った。私はベッドを出て、壁に立て掛けていたアルミの松葉《まつば》杖《づえ》を摑んだ。

五

私はエレベーターから下りた。

すぐ左に曲がる。三台ならんだ自販機を横切って更に左に曲がり、薄暗く長い廊下を進む。七階に来たのは久々だ、廊下の内装はどの階も同じだ——などとぼんやり考えていた。身体が遠く感じられた。自分のものではない意志に操られている。

廊下を渡り切った頃には慣れない松葉杖のせいもあって、汗だくになっていた。

目の前の大きな扉には「カフェテラス　サンシャイン　ＣＬＯＳＥＤ」と書かれたパネルが掛かっていた。扉を引き、身体をねじ込むようにしてすり抜ける。

食堂は照明が落とされていた。

百平米ほどの空間に長テーブルと椅子が幾つも、整然と並んでいる。

突き当たりの窓が開け放たれ、カーテンが音もなくはためいていた。遠くの街の灯《あか》りで、夜空がおぼろに照らされている。

厨房《ちゅうぼう》と食堂を隔てる、ステンレスの大きなカウンターの前に人影が見えた。

ぴきん、と音がして、裸の蛍光灯が灯《とも》る。

赤い学生服の比嘉さんが、カウンターに腰掛けていた。やはり顔は見えなかった。

誰かの意志から解き放たれたのが分かったが、恐怖や忌避感は少しも感じなかった。それどころか嬉《うれ》しい、有り難いと思った。どうせ外には何もない。誰とも繋《つな》がっていない。ここで彼女に殺されるなら本望だ。

「比嘉さん」

自分から歩み寄ってさえいた。松葉杖がもどかしい。目の前の椅子が邪魔だ。何度も転びそうになりながら、私は彼女のもとへ進んだ。

すぐ近くまで来たところで、彼女がカウンターから下りた。真正面から向かい合う。

背丈は百六十八センチの私と同じだった。記憶の中の彼女は小五、小六の女子にしては長身だったが、中学で更に伸びたらしい。手足を伝う血はぬらぬらと赤く、これほど近いのに顔は見えない。ただ赤いことだけが分かる。

「比嘉さん」

私はもう一度呼んだ。

彼女は答えず、ゆらりと両手を持ち上げる。その手の冷たさを想像して鳥肌が立った。彼女は更に手を上げる。私を抱き締めるのか。それとも首を摑《つか》むのか。いずれにしても今度は助からないだろう。そう確信するが、少しも嫌だと思えない。

「ずっと、ここにいたんだね」

彼女は答えない。赤いブラウスの胸元に、三ツ角中学の校章が刺繍《ししゅう》されている。

「独りでここに」

答えない。上履きまで真っ赤だ。

「独りで寂しいから、こうしてみんなを……」

やはり答えない。両手を高々と掲げている。青白い光がスポットライトのように彼女に降り注いでいる。彼女以外は真っ暗に潰《つぶ》れている。

短い髪には艶《つや》がある。口元が微《かす》かに見える。頬も唇も顎《あご》も血まみれだ。足は長い。伸ばした手も長い。足も手も、血に濡《ぬ》れていない部分は白い体毛でびっしりと覆われ、キラキラと――。

白い体毛。

私は我に返った。間近で見てやっと理解した。

彼女は動きを止めていた。

首の毛も、手の甲の毛も、上からの光を受けて白く輝いている。

違う。この子は比嘉さんではない。

それ以前に幽霊ですらない。

別の誰か――何かだ。

ぞわりと怖気《おぞけ》が背筋を貫いた。

咄嗟《とっさ》に松葉杖で床を突いて、背後に跳んだ。

比嘉さん、いや――〈女子〉の両手が空を切った。すぐさまこちらを睨《にら》み付ける。目も鼻も見えないのに、睨まれたのがはっきり分かった。

うわあ、と間抜けな声を漏らして、私はドアへと駆け出した。体当たりしてすり抜け、長い長い廊下を松葉杖と左足だけで走る。

背後から気配が迫っていた。

聞こえない足音を聞いてしまう。今にも襟首を摑まれそうだ。急いでいるのに前へ進まない。転びそうになる度に、奇妙な悲鳴を上げてしまう。

曲がり角が見えて来た。エレベーターは駄目だ。階段で下りるべきだが、どう行けばいいか思い出せない。焦りが芽生えた瞬間、均衡を大きく崩す。

私は床に倒れた。松葉杖が床を打ち、派手な音を立てた。どう転んだのか壁に頭をぶつける。涙に滲《にじ》む目を凝らすと、彼女の見えない顔がすぐ目の前にあった。

〈女子〉が傍らにしゃがみ込んでいた。

逃げろ。這《は》え。手を使え。脳が命じた瞬間、彼女は私の左足首を摑んだ。

聞いたことのない悲鳴が廊下に反響した。私の声だった。千切れそうなほどの冷気が足首から腰に、腹に這い上がる。手足の爪が弾《はじ》け飛びそうな感覚に襲われる。

身体が動かない。振り払え、突き飛ばせ、と考えるも徐々に怠《だる》くなる。何もしたくない。生きるのが面倒だ。瞼《まぶた》が重い。眠い。そうか、死ぬとはこういうことか。少しずつ閉じていく瞼を裏側から見ながら、私はゆっくりと息を、

「駄目！」

ガラガラ、と車輪の音が近付いた。顔の側を何かが一瞬で通り過ぎる。そう思った時には凄《すさ》まじい破裂音が耳をつんざいた。何十もの一斗缶を出《で》鱈目《たらめ》に叩《たた》き鳴らすような、耳障りな音。

冷気が消えていた。

足を掴む手の感触もない。

うっすら目を開けると、床に大きな四角いものが横たわっていた。四隅の車輪がカタカタと回っている。

大きく重そうな、ステンレス製のワゴンだった。よく見かける——看護師がよく使っている。ということは。

「大丈夫？」

聞き慣れた声が耳元でした。

浜木さんが傍らに跪《ひざまず》き、再び問いかける。

「大丈夫ですか？　古市さん」

「え、どうしてここに……」

「どうなの？」

マスク越しに彼女の鼻息がかかる。

「はい、ええ、生きてます」

私は何とか答えた。彼女に支えられて上体を起こし、辺りを見回す。〈女子〉の姿が見当たらない。

「消えた」浜木さんが言った。「ワゴンぶつけて、壁との間に挟んでやったとこまでは見えてたんだけど……」

気配も消えている。だがまるで安心できない。

「逃げましょう。ここにいたら駄目」

彼女の言葉に私はうなずいた。二人で松葉《まつば》杖《づえ》を拾い、立ち上がる。摑まれた左足が早くも痺《しび》れている。

エレベーターの方に歩き出した瞬間、浜木さんが足を止めた。

行く手に〈女子〉が立っていた。

これまでと同じ姿恰好《かっこう》で、どこも怪我をしている様子はない。やはりこの世の存在ではないのだ、と改めて思い知る。

彼女が歩き始めた。比嘉さんによく似ているが、比嘉さんではない何かが、緩慢に、真っ直ぐに近寄ってくる。

無意識に後ずさっていた。自分でも驚くほど器用に松葉杖を駆使し、後ろ向きに進んでいた。

「浜木さん」

呼びかけても答えない。呆然《ぼうぜん》と〈女子〉を見たまま突っ立っている。〈女子〉は一歩ずつ、着実に浜木さんに迫っている。黒い気配がこれまで以上に廊下に立ち籠《こ》める。

このままではいけない。彼女まで巻き添えになる。後退したくなる気持ちを必死で抑えて何とか立ち止まった。だが前へ進めない。身体が拒否している。呼ぼうにも声さえ出ない。

〈女子〉は浜木さんの目の前に迫っていた。両手を広げる。駄目だ。いけない。逃げろ。

「……そういうことか」

浜木さんの声が廊下に響いた、直後。

彼女はくるりと踵《きびす》を返して、猛然と走り出した。私めがけて一直線にやってくる。あっという間に距離を詰めると、

「貸して！」

松葉杖を一本奪い取り、再び来た道を引き返す。バランスを崩した私は窓枠を摑んで、辛うじて転ぶのを免れる。

浜木さんは松葉杖を逆さに持つと、目一杯振り上げた。

殴り付ける気か。無茶だ。

だが、彼女はその姿勢のまま〈女子〉に突進した。待ってましたとばかりに〈女子〉が彼女を抱き締める。

浜木さんは血まみれの腕に抱かれながら、呻《うめ》き声を上げた。暗い廊下に二人の姿だけが浮かんでいる。蛍光灯の光に照らされている。

「浜木さん！」

私は叫んでいた。身体を縛り付けていた恐怖が弾け飛ぶ。もう一本の松葉杖で、何とか彼女らに近付こうとしたその時。

「来ないで」

浜木さんが低い声で言った。半分だけ振り返り、片目で私を睨《にら》み付ける。

「大丈夫。これでいい」

マスク越しでも苦悶《くもん》の表情を浮かべているのが分かる。

「黙って見てて」

「で、でも」

「いいって、もう」

彼女は抱きつかれたまま、身体を大きく反らした。

「気付けば簡単だった。この子は偽物、影みたいなもの。本物は……」

松葉杖の横木を摑《つか》み、猟銃のように構えると、

「こいつ！」

天井の蛍光灯を思い切り突いた。

ぱん、とやけに軽快な音がしたかと思うと、辺りが真っ暗になった。

気付けば廊下の壁に凭《もた》れて座り込んでいた。倒れたワゴンが最初に目に留まり、次いで廊下の雰囲気が、まるで変わっていることに気付く。あの〈女子〉の気配が完全になくなっていた。姿もなかった。割れたはずの蛍光灯の破片さえどこにも見当たらず、ただ清浄な空気の匂いがする。感情も落ち着いている。

浜木さんが松葉杖を片手に立っていた。

声を掛けると、彼女はこちらを向いて「いなくなった」と目を細めた。

「何が、どうなっているのか……」

「これまでの〈女子〉のこと、教えてくれたから気付きました。見てて変だと思いませんでした？　辻褄《つじつま》が合わないっていうか」

「え？　いや、異様だとは思いましたけど」

「あの子が現れる時、蛍光灯が灯《とも》るの。常に真上にってのがまず変だけど、もっと変なのは」

彼女は天井を指差した。私は素直に見上げる。途端に、

「あっ」

と声が出た。設置されているのは丸いＬＥＤライトだった。色も違う。

思い出した。何度も見ていた。そもそもこの病院の廊下には、蛍光灯がないのだ。

「直接人間の姿に化けないオバケも結構いるんです。人間は虚像で、本体は灯りに化け

たりする。行灯《あんどん》とか、提灯《ちょうちん》とか。今回は蛍光灯」

「そういうもの、なんですか」

「ええ、子供向けのお化けの本に書いてありましたよ。寺村輝夫《てらむらてるお》の『おばけのはなし（1）』とか、あと学研の『ようかい伝説事典②』って漫画とか。そういう話は昔から伝わってるんです。まあ昔話だと正体は狐とか蝦蟇《がま》なんですけど、今回のはどうかなあ」

　だから天井のない中庭まで追いかけてこなかったのか、と腑《ふ》に落ちていた。すぐ気付かなかった自分が恥ずかしくなった。相対しても記憶の中の比嘉さんと照合することに必死で、周囲に——頭上にまでは気が回らなかったのだ。

「でも、そんな本……」

「どっちも三ツ角小の図書室にありましたよ」

　私は言葉に詰まった。唐突に現れた、懐かしい単語に混乱していた。

「それにしても」

　歩き回っていた浜木さんが、こつこつと壁を小突いた。

「こっちはリアルだなあ。人間の作りは甘いくせに。あんまり人間のこと、よく分かってないのかな」

「ええと、何の話ですか」

「ここは三途の川的なところです。見方によっては夢の世界でもあります。どっちにしても現実じゃあない」

これにはさほど驚かなかった。むしろ納得すらしていた。無人の病棟、施錠されていない食堂。いつの間にかベッドで寝ていること。いずれもここが現実でない証拠だ。

だが。

「どういうことですか」

私は訊《き》いた。浜木さんが首を傾げる。

「いえ、勿論《もちろん》、助けてくださったことには感謝してますよ。さっきのヤツもいなくなってよかったと思います。でも、余計に分からないことが出てきたといいますか……」

息継ぎをして、残りを言う。

「ここが夢の世界なら、どうして浜木さんがいるんですか？」

「助けに来ました」

「え？」

「死にかけてて、そこを変なのに付け込まれてたから助けに来た」

「ごめんなさい、ますます意味が」

「まだ気付かないの、古市？」

浜木さんはじれったそうに言うと、マスクを剝《は》ぎ取った。

あっ、と私は再び叫んだ。その勢いで立ち上がっていた。

身長は私より更に高く、身体付きは逞《たくま》しくなっている。髪はかつてないほど長く、色も明るくなっている。少しだけ面長になって、印象は随分と違う。だが目の前の看護師

は、間違いなく、

「比嘉さん？」

「そう」

彼女は——比嘉美晴はフフンと笑った。

六

「老けたね、古市」

比嘉さんが言ったが、僕は答えられなかった。辛うじて出来たのは「どうなってるの、それ」と彼女の顔を指差すことだけだった。

「ごめん、自分じゃよく分からないけど、大人に見えるの？」

「うん、あとその路線というかメイクも意外で……」

「まあ、いいんじゃない。死んだら年を取らなくなるって考え方、そんなに普遍的ってわけでもないしね。昔の中国とか江戸時代の怪談にもあるよ。死後の世界も普通に時間が流れて、普通に社会があって死者が普通に——」

「ちょっとごめん」

私は彼女の説明を遮った。よく聞けば声はほとんど変わっていない。少し低くて鼻にかかった、懐かしい声だった。耳に心地よくもあった。だが。

「でも比嘉さん、現実に、本当の三ツ角学院大学病院にいたよね。どうして」

「いないよ」

「え？」

「わたしにそんな力はないよ。ここにも繋《つな》ぎっぱなしは無理だし、できる範囲も狭い。だから後手後手になったんだけど」

「じゃあ」

目眩《めまい》がした。足元が崩れ落ちるような、目の前の景色が遠ざかるような感覚が続く。壁に体重を預けて、辛うじて倒れるのを防ぐ。

　彼女の説明が事実なら、私は、私は、

「ずっと夢を見ているのか」

「そう、事故ってからね」

　思ったとおりのことを比嘉さんは答えた。

「でも、もうすぐ覚めるよ。お医者さんたちが頑張ってくれたし、さっきのも追い払ったし。古市は死なない。元気になってここを出て行ける」

　助かるのか。安堵《あんど》したのも束の間、胸の内がどろりと濁り始める。

「……いや、悪いけど意味ないよ。どうせ誰も見舞いに来ないし、連絡だって」

「だからそれも夢なんだって」

「現実も大差ないよ。いや、現実がどうでもいいから、こっちの世界でもこんな調子なんだ。誰の顔も……」

言葉が続かない。

助けてくれたのに突っぱねている。比嘉さんの好意を無駄にしている。最低だ。分かっていてもそれが本音だった。私はずっと現実を生きていなかった。

比嘉さんは悲しそうに微笑した。

「ごめんね」

何故謝るのか、と思ってすぐに気付いた。彼女には洗いざらい打ち明けていた。彼女が死んで自分はこうなった、そう説明していた。

すべてを彼女の所為《せい》にしていた。

「いや、比嘉さんは悪くない。そういう意味じゃないんだ。事情は知らないけど」

「殺されちゃった」

「そんな……いや、だったら尚更《なおさら》、比嘉さんは」

「悪いよ。下の子たちを悲しませたし、葬式代もかかってコト……姉さんも嫌だったんじゃないかな。親は知らない」

突っぱねるように言う。親兄弟に複雑な感情があるのが察せられた。

黙っていると、彼女は再び口を開いた。

「わたしの分も生きてよ、古市」

狡《ずる》いな、と私は思った。この提案は無下にできない。死んだ当人に頼まれたら拒否しようがない。ましてや相手は比嘉さんなのだ。迷いに迷って、私は素直に答えることにした。

「それは狡いよ。嫌ですとは言えない」

「本音は嫌なの？」

「……さっきも言ったけど、現実なんてどうでもいいから」

「古市はどうでもよくても、古市のことがどうでもよくない人はいるよ」

「どうかな」

「いるよ。最低一人は絶対にいる」

「誰？」

「さあね。でもわたしが保証するよ」

比嘉さんは胸を張った。何を根拠に、と思ったが彼女の言葉には不思議な説得力があった。信じられる気がした。

「行こう」

比嘉さんは手を差し出した。右手で摑《つか》もうとして、折れていることを思い出す。かといって左手も動かない。左足の痺《しび》れはまだ残っていて、一人では歩けそうにない。

「申し訳ない、こんなザマで」

「全然」

彼女はニッと歯を見せると、私の腰に手を回し、肩を組んだ。彼女に支えられながら、私は一歩ずつ廊下を進んだ。角を右に曲がり、すぐまた右に折れる。比嘉さんがエレベーターのボタンを押した。私一人を中に入れて、自分は残った。

「比嘉さん、これって……」

「じゃあね」

控え目に手を振る彼女の姿を、エレベーターのドアが冷酷に遮った。

たくさんの顔が私を見下ろしていた。

「シュンシュン！」

妻の翠《みどり》が寝ている私に覆い被《かぶ》さり、強く抱き締める。昔の仇名《あだな》だ、今はやめろ、と言いたかったが、口から出たのは呻《うめ》き声だけだった。

「よかった……よかったあ……」

胸の上で翠が泣きじゃくっていた。それに被さるように甲高い号泣が聞こえている。

子供だ。子供の泣き声だ。

翠の隣で三歳になる息子・修平《しゅうへい》が、直立不動で顔を真っ赤にして泣いていた。

私は病院のベッドに仰《あおむ》向けになっていた。無機質な天井が見える。

「ここは……？」

なんとか絞り出すと、翠が洟《はな》を啜《すす》りながら答えた。

「世《せ》田谷《たがや》中央病院。あなたね、先週事故に遭ったの。一週間、意識不明だったの」

「先週？　世田谷？　三ツ角……東村山じゃなくて？」

「何でそんなとこまで運ばれるの？　事故があったの松原《まつばら》よ。甲州《こうしゅう》街道」

「上から、墜ちてきた？　ワゴン車？」

「そう、そう。上の首都高で事故があって」

翠は泣き腫《は》らした目を拭《ぬぐ》った。

夢を見ていたのだ、と私は思った。長く暗く恐ろしい夢を。感触と感情ははっきりと記憶に刻み込まれているが、細部は曖昧《あいまい》だ。全体としては紛《まご》うことなく悪夢なのに、嬉《うれ》しかったような記憶もある。大切な人に会ったような気もする。

例えば比嘉さんに。

彼女から何か言われた気もする。

「狡い」と思ったり、「信じてみよう」と思ったりした記憶もある。だが何の話だったかは忘れている。

「古市っ」

同期の荻野《おぎの》が顔を近付けた。熊のような髭面《ひげづら》が涙と鼻水で大変なことになっている。いつもは不機嫌そうなのに、こんな顔をすることもあるのか。彼の後ろには上司や部下たちがいた。互いに肩を叩《たた》きながら喜び、涙ぐんでいる。東大の合格発表の報道を見ているようだった。

比嘉さんの言葉を、信じてみてもいいかもしれない。そう心から思ったが、どんな言葉だったかは忘れていた。

夢の奇妙な手触りに戸惑っていると、医師や看護師が現れた。当たり前だが誰一人として知らない顔で、翠や荻野らと話している。

修平が鬼瓦《おにがわら》のような顔で私に縋《すが》り付いた。お父さんお父さんと繰り返す。もうパパとは呼ばないらしい。

頭を撫《な》でてやろうとして、違和感に気付いた。身体がおかしい。手にも足にも力が入らない。感覚もない。辛うじて持ち上がったのは右手だけだった。五本の指がギプスで固定されている。

顎《あご》を引き、首を持ち上げて、私はベッドに横たわる私を見た。

無くなっていた。

左手の肘《ひじ》から下が無かった。

両足とも太股《ふともも》から下が失われていた。

わっ、と翠が再び泣き出し、荻野らも沈痛な面持ちで目を逸《そ》らした。医師も声を掛ける機会を覗《うかが》っている風に見えた。

驚いていた。不安もみるみる膨らんでいた。だが悲しくはなかった。どういう訳か、覚悟ができていたのだ。予《あらかじ》めこうなることを知っていた。受け入れていた。

翠が泣きながら説明した。事故直後は何ともなかったが、徐々に手足が壊疽《えそ》を起こし始め、切除せざるを得なかったという。壊疽の原因は不明。右手指の骨折が発見されたのはつい数時間前で、それまでは何の異常もなかったらしい。妻も医師も首を捻《ひね》っていたが、私は何となく腑《ふ》に落ちていた。

「大丈夫だよ」

私は言った。右手で彼女の頬を撫でる。包帯に遮られて感触も温度も分からなかったが、彼女の頬はたしかにそこにある。

「生きるよ。約束だからね」

「約束？」

「うん。頑張るよ」

私は顔の筋肉を動かし、笑ってみせた。

医師の説明を聞く余力はなく、私はその後すぐ眠った。目覚めると傍らの椅子で翠と修平が、抱き合うようにして寝息を立てていた。

身じろぎすると、修平が目を開けた。

「ごめんな、起こしちゃったか」

小声で詫《わ》びる。修平は私を見て、「おはよう、お父さん」と笑った。

「いくとくんがね、がいむおもしろくないっていって、ぼくはおもしろいっていったの」

「うんうん」

「そしたらね、みなみちゃんね、ぷりりずのれんじょーじべるがすきでね、ぼくはみてないっていったの。あれおんなのこがみるやつだから」

「そうか」

子供番組の話をしているのは分かった。子供社会の話をしているのも理解できた。楽しいのだろう。楽しくあってほしい。

手を差し伸べると、修平はおそるおそる指先で突《つつ》いた。私は「ぎゃあ」と痛がる振りをして、早々に種明かしをする。これだけのことで息子は満面に笑みを浮かべた。

「いたくないの？」

「ああ。すぐ元気になる」

「ほんと？　あしもはえる？」

「はは。それは無理だな」

「さぽーとする。おかあさんもさぽーとするっていってた」

「ありがとう。頑張るよ」

「ぼくもがんばる。きょうはかえれる？」

「まだだな。三ヶ月かかるって」

「あさってのあしたくらい？」

自然と笑みがこぼれた。時間の認識が未発達なのだ。いかにも子供らしい。

「ええと……まだ先だな」

「ふうん。ぼくね、きょうはようじあるの」

「そうなんだ。これから？」

「うん」

「へえ。どこか出かけるのか？」

「うん。ばいてんにあそびにいくの」

「ばいてん……売店？」

修平は首を傾げたが、すぐまた笑顔になって言った。

「あのね、あそんであげるの。あかいがくせいふくのじょしってひとと」

ぜんしゅの跫

兼嗣《かねつぐ》案じて曰《いわ》く「此《こ》の名は併せてぜんしゅ或《あるひ》はがしゅそくせいならん」と。我其《そ》の意を問ふも兼嗣、「疎《おろそ》かなり疎かなり」と呵々《かか》大笑して答へず。

一

電話が鳴っている。スマホの着信音だ。

背中が冷たい。だが手足は熱を持っている。顔もだ。目も開けられないほどの熱、そして痛みが、身体のあちこちで喚《わめ》いている。意識は朦朧《もうろう》として、何があったのか全く思い出せない。

着信音はまだ鳴り止まない。

轟音《ごうおん》も鳴り止まない。

迫っては通り過ぎ、迫っては通り過ぎる機械の音。これは車だ。何台、何十台もの車がすぐ側を走り抜けている。今この瞬間も、今この瞬間も。音は下から聞こえている。

下。

俺は仰向《あおむ》けで寝ている。

車の音は数メートル下から聞こえ、着信音はすぐ近くで聞こえる。

上下の感覚と距離感を取り戻した途端、意識が明瞭《めいりょう》になった。それに伴い痛みも激しさを増す。おそるおそる目を開くと夜空が見えた。街の灯《あか》りに暗さを奪われた、〝薄い〟〝浅い〟夜空。

今は夜で、俺は屋外にいるらしい。

着信音が止まった。しばらくして、

「野崎《のざき》、大丈夫？」

スピーカーに切り替えていないのに耳に届いた。スマホは本当にすぐ側にあるらしい。

「ねえ野崎、聞こえたら電話取って」

聞き慣れた声。少し鼻にかかった優しい声。聞いているだけで痛みが僅《わず》かに和らぐ。

これは、この声は。

俺は歩道橋の上で寝転んでいる自分に気付いた。

どういう偶然か、耳元にスマホが転がっていた。

何故こんなところにいる。何故痛みに呻《うめ》きながら、こんなところで寝そべっている。

思い出せないまま俺は身体を捩《よじ》り、スマホを掴《つか》んだ。

〈野崎真《ま》琴《こと》〉

画面には名前と録音中のマーク、通話時間が大きく表示されている。

真琴。そうだ、真琴だ。

俺はつい先日、彼女と結婚した。レストランで人前式を挙げ、数少ない友人たちに祝ってもらった。それで、それからどうなった。どうして俺は今ここにいる。

通話ボタンを押した。

「真琴」

「野崎？」

「ああ」

「よかった、生きてる」

彼女の安堵《あんど》の声を聞きながら、俺はこわごわ身体を起こす。痛みで立ち上がることは難しく、取り敢《あ》えず柵《さく》に寄りかかる。

「今どこにいるの？」

「いや……どこだろう」

「は？」

「分からないんだ。なんでか歩道橋で、き、気絶してた」

「気絶？　ヤバいじゃんそんなの。どこ？　どこの歩道橋にいるの？」

「どこだ……？」

まだ記憶は戻らない。手掛かりを探そうと俺は辺りを見回す。左手にはただ歩道橋が延びている。右手には何かが転がっている。大きな布の塊。傍らに落ちている小さな黒い塊。あれは靴――パンプスだ。パンプスの側にくしゃくしゃになった紙切れが落ちている。紙切れに描かれているのは極彩色のオウムだ。

これらの意味するところが分からない。一向に何も思い出さない。

「くそ、駄目だ」

俺は零《こぼ》した。

「どうして俺はこんなところに、独りで……」

「え、独り？」

真琴の声が一際甲高くなった。

「なんで姉ちゃんと一緒じゃないの？　やっぱり別行動ってことになったの？」

「……なんだって？」

問い返した途端、それまで布の塊にしか見えなかったものが、全く違う像を結んだ。

横向きに倒れている、パンツスーツの小柄な女性。ポニーテールがアスファルトに広がっている。指先に握られている白いものは煙草だ。表情ははっきりと見えないが、どうやら目を閉じているらしい。

〝姉ちゃん〟だ。

真琴の姉、比嘉《ひが》琴子《ことこ》その人だった。

俺は呆然《ぼうぜん》と彼女を眺めながら、ほとんど無意識に口にした。

「一緒、だった」

「はあ？　もう何言ってんの？　今どこ？」

「だから――」

がり、と音がした。

歩道橋が揺れている。これは、この音と振動は。

不意に両肩を掴まれ、俺は勢いよく持ち上げられた。あっという間に柵の高さを超える。咄嗟《とっさ》に振り回した手からスマホがすり抜け、はるか下の車道に落ちていく。

両肩を掴む太い指の感触はある。長い爪が背中を突くのも、針のような剛毛が肌を撫《な》でるのも分かる。だが肝心の指も、手も、手の主の姿も全く見えない。

見えない何かに掴まれて、俺は歩道橋の数メートル上に浮いていた。

落ちる。投げ落とされる。そして走り行く車に轢《ひ》き潰《つぶ》される。

この先のことを思い描いた瞬間、冷たい恐怖が全身を貫いた。

次いで今ここにいるに至った経緯を、走馬灯《そうまとう》のように思い出した。

※　※

五日前。二〇一六年十月十五日のことだ。

とあるお堅いムックの取材で、朝から日野《ひの》市の寺院をいくつか巡った。最後の高幡不《たかはたふ》動尊金剛寺《どうそんこんごうじ》を出たのが夕方の四時。東京メトロ東高円寺《ひがしこうえんじ》駅に着く間の約一時間、電車内で記事を書き上げ、写真と一緒に編集部に送り付けた。

駅から徒歩十分。住宅街の一角にある小さなイタリアンレストラン「ＭＥＷ」の黒い扉には、「本日貸切」のパネルが掛かっていた。俺は扉をそっと引いて中に入った。

店内はレトロで落ち着いた内装だった。厨房《ちゅうぼう》では侍のような一つ結びで髭面《ひげづら》の店主が、大量の食材を刻んでいた。こちらに気付いて笑顔を見せる。

「本日はおめでとうございます」

俺は何と答えていいか分からず、曖昧《あいまい》なお礼の言葉を口にした。

ホールの一角、衝立《ついたて》の向こうから俺を呼ぶ声がした。次いで立ち上がる気配がする。衝立の陰から現れたのは、ウェディングドレスの真琴だった。栗色の髪を奇妙な形に盛って、これまた奇妙なデザインの髪飾りを付けている。メイクは普段と全く違って妙に眩《まぶ》しく、俺は何度も目を瞬《しばたた》かせた。

「どう、似合ってる？」

「……ああ」

「綺麗《きれい》？」

「そうだな」

「わたしが言わせてる感があるね」

「いや、自分の意思ですよ」

「ふうん、そう」

真琴は俺を睨《にら》み付けたが、すぐ相好を崩して言った。

「裏で着替えて来なよ。タキシード、そこのハンガーに掛けてある」

「まだ大丈夫だろう。お前と違って一瞬だ」

「そうだけどさ」

真琴は俺の手を摑んだ。

「なんか……さっさとしないと、逃げてっちゃいそうで」

「逃げる？　俺が？」

「ううん。嬉《うれ》しいことが。ほら、梅雨時とか特にヤバかったでしょ」

「ああ」

四ヶ月ほど前のことを思い出した。

邪悪な呪いをかけられた俺と真琴は、文字通りの意味で死ぬ寸前まで追い詰められた。生き残ったのは運が良かったからで、俺たちが呪いを解いたからではない。

部屋を覆い尽くす真っ赤な糸。

鮮血よりも赤い、蚯蚓《みみず》のように蠢《うごめ》く糸。

頭に浮かんだ光景を追い払っていると、真琴が再び口を開いた。

「今だって別に穏やかってわけじゃないよね。わたしたちはまあ平和だけど、この辺は違うじゃん。例の、見えない……」

「真琴」

俺は彼女の手を握り返した。

「分かった。着替えてくる」

「ありがと」

「でもあれだ、今日は自分のことだけ考えてくれ。依頼のことはひとまず脇に置いて」

「野崎……」

「結婚式とはそういう――」

「お待たせしましたっ！」

大きな声がホールに響き渡った。荒い息が続く。

出入り口のドアの取っ手に手をかけて、痩《や》せた長身の青年が息を切らしていた。緑色の髪を立たせ、ボロ布のようなリュックを背負い、どこかの民族衣装のような茶色いヒラヒラした服を着ている。

こんな知り合いはいない。店のバイトか。それとも単なる不審者か。身構えた瞬間、真琴が声を上げた。

「田《でん》くん！」

「真琴さん、すいません遅くなって」

青年はそう言うと、脇に抱えていた四角いものを差し出した。

ウェルカムボードだった。式場や店の玄関に飾る、結婚式や二次会が行われていることを示すパネル。名前と日付と最小限の文字が書かれただけの質素なものもあれば、花やリボンを複雑に編み込んだ、凝ったものもある。

青年の用意したウェルカムボードには、俺と真琴の上半身が描かれていた。カリカチュア、というのだろう。特徴を極端に誇張した似顔絵だ。真琴は大きな目と口が強調され、俺は細い顔が強調されている。繁華街の片隅や井《い》の頭《かしら》公園で見かけるものよりずっと上手《うま》い。俺の目付きが悪いのが気になると言えば気になるが、真琴の絵の出来映えはそれを補って余りあった。

「野崎、こちら友達の田誉《ほまれ》くん。画家さんです。田くん、こちら旦那《だんな》の野崎」

「はじめまして」

俺が挨拶《あいさつ》をすると、田青年はその場にへたり込んだ。

「つ、疲れた。こんなに本気で走ったのなんて十年ぶりくらいっすよ。あ、あと画家じゃないんで。フリーターの元犯罪者っす」

「犯罪者？」

「長くなるから後にしよっか」

真琴はウェルカムボードを受け取って、まじまじと眺めた。

「ありがと田くん。すごく嬉しいよ」

「いやー、一回悩んだらドツボに嵌《は》まっちゃって、ギリのギリまでかかっちゃいました。おまけに携帯も止められるし。ほんっと申し訳ないです。バックレると思ったんじゃないすか？」

「ううん、信じてた」

真琴は嬉しそうにウェルカムボードを抱き締めた。田青年も額の汗を拭《ぬぐ》いながら、満足そうに真琴を見つめていた。

結婚式と宴会はつつがなく終わった。

といってもそれらの記憶は儚《はかな》く、思い出すのは真琴のことばかりだ。誓いの言葉を口にする真琴。俺の差し出したケーキを、大口を開けて頬張る真琴。反対に俺にケーキを差し出す真琴。友人たちと記念撮影をする真琴。ギガ出版の編集者、剛《たけし》くんや藤間《ふじま》くんと語らう真琴。ドア横で友人たちを送り出す真琴。そして――最後の客を店の出入り口で見送った、直後のことだった。

カラカラ、と車輪の音が近付いて、前の道に人影が現れた。大きなキャリーバッグを引いた、小さな女性だ。ダウンコートのせいで小柄が強調されている。

真琴の姉、琴子だった。

傍らの真琴があんぐりと口を開けた。その目がみるみる涙で潤む。

「……なんで？」

「調べたの」

琴子はそれだけ答えて、

「結婚おめでとう、真琴。野崎さん」

と無表情で言った。

ううっ、と真琴が嗚咽《おえつ》を漏らし、両手で顔を覆った。想定外のことに俺も呆然《ぼうぜん》として、何の反応もできなかった。

琴子が黒い手袋をした手を差し出した。真琴が泣きじゃくりながら、その手を握り返す。我に返った俺は慌てて琴子に――義理の姉に詫《わ》びた。

「ご招待できなくてすみません」

「連絡先を伝えていないので当然です。お邪魔でなければいいのですが」

真琴が激しく頭《かぶり》を振る。姉の手をわずかに引く。俺は彼女の仕草を翻訳した。

「とんでもない。よければ中にどうぞ。真琴も積もる話があるようですし」

「いえ、明日《あした》は朝から仕事なので、これで」

「姉ちゃん」

「駄目よ真琴」

「でも」

「大事な案件なの」

真琴は叱られた子供のように項垂《うなだ》れていたが、やがて笑顔で「うん」と言った。

「来てくれてありがとう」

「来てよかった。あとこれ」

コートの内ポケットから取り出したのは、煉瓦《れんが》のように分厚い茶封筒だった。

「ご祝儀。熨斗《のし》袋だと全然入らなくて」

「……ごめん、そんなには貰《もら》えないよ」

「受け取って。わたしからのお願い」

琴子は茶封筒を差し出した。

真琴はさんざん逡巡《しゅんじゅん》した後、爆弾でも受け取るかのように茶封筒を摑《つか》んだ。

「本当にいいの？」

「もちろん」

「でも……あれ？」

封筒の裏側に染みが付いていた。赤茶けた染みがあちこちに。

真琴は俺に封筒を投げるように渡すと、琴子の両肩を掴んだ。

「怪我してるの？」

「してない。お昼にナポリタンを食べたの」

「嘘」

真琴は言うなり、姉のダウンコートのジッパーを勢いよく下ろした。露《あら》わになったジャケットは土埃《つちぼこり》に塗《まみ》れ、白いブラウスの胸はうっすらと赤く染まっている。

琴子の傷だらけの手を思い出した。彼女の壮絶な仕事のことも。

「やっぱり……妙に厚着だと思った」

真琴が再び目を潤ませ、琴子の手を掴む。

「気にしないで」

「気にするよ。そんな無理して来られても」

「無理なんかしてない」

「だって」

「わたしのことはいいから」

琴子は真琴の手を振り払った。

ぐらり、と真琴の身体が傾《かし》いだ。慌てて手を伸ばしたが届かず、そのまま彼女は派手に転んでしまう。

「いたた……」

「真琴！」

琴子が俺を押し退けるようにして、素早く真琴の側に跪《ひざまず》いた。

真琴は左足を捻挫《ねんざ》していた。慣れないハイヒールを履いていたせいで、琴子が手を振り払った時にバランスを崩し、挫《くじ》いたのだ。おまけに転んだ時に妙な手のつきかたをしたせいで、右手親指の付け根の骨にヒビが入っていた。

「本当に申し訳ない」

翌日の昼前。

病院から家に戻り、力なくベッドに寝そべる真琴に、琴子が言った。臙脂《えんじ》色《いろ》のジャージの上下に生成《きな》りのエプロンを着け、ベッドの傍らに正座している。

彼女が謝るのはこれで何度目だろう。表情は無いに等しく、口調も落ち着き払っているが、後悔と罪悪感が全身から滲《にじ》み出ている。

「もういいって」

真琴がうんざりした表情で答えた。伸ばした髪はぼさぼさで、顔が半分隠れている。

「よくない。せっかくの初夜を台無しにしてしまった」

「初夜って。別にせっかくでも何でもないよ。怪我してなくても帰って速攻で寝て終わりだったって」

「そうです。だからお気になさらず――」

琴子が語気を強めた。膝《ひざ》の上で拳《こぶし》を握り締める。

「二人でしみじみ感慨に耽《ふけ》って、そのうち盛り上がって、みたいなことも充分に有り得た。それなのに」

「ねえちょっと何言ってんの？」

「とにかく申し訳ない」

琴子は床に手をついて詫びた。真琴は何か言おうとして止め、大きな枕に頭を預ける。

俺は部屋を見回した。

かつて真琴が一人で住み、現在は俺と二人で住んでいる、中野《なかの》区大和《やまと》町の雑居ビルの一室は、見違えるほど綺麗《きれい》になっていた。真琴は元から掃除が苦手だ。俺も式の準備と仕事の慌ただしさで散らかるままにしていた。なのに今は塵《ちり》一つ落ちていない。真琴を病院に連れて行っている間に、琴子が掃除したのだ。ベランダでは洗濯物が整然とハンガーに掛けられ、風に揺れていた。

俺はさりげなさを装って訊《たず》ねた。

「失礼ですが、お仕事の方は」

「偶然にも先方都合で延期になりました」

嘘だろう、と思ったが、追及するのは躊躇《ためら》われた。真琴も眉間《みけん》に皺《しわ》を寄せて姉を見つめていたが、やがて小さく溜息《ためいき》を吐いた。

「怪我はどうなの、姉ちゃん」

「かすり傷よ」

琴子がジャージのジッパーを下ろしたので、俺はそっと目を逸《そ》らした。

「うーん。まあ、かすり傷、なのかなあ」

「そう。で、真琴はどう？」

「歩けない。手はちょっと振るだけで響く」

「申し訳ない」

「だから姉ちゃんが悪いんじゃないって……ああ、あれだ、デラシネに電話しなきゃ」

真琴がアルバイトしている、高円寺の小さなバーだ。たしかに今の状態では働けない。

枕元のスマホを掴んだ真琴に、琴子が問いかける。

「式の翌日から働くの？」

「そのつもりだったよ」

「そんなに生活が大変なの？」

「違うよ。普通に過ごすってだけ。野崎だって働くし」

「そうなんですか？」

「ええ、今日明日〆切《しめきり》の原稿がいくつかあるので」

琴子は不思議そうに俺と真琴を見ていたが、やがて、

「休みの連絡を入れるのね」

「そうだよ」

「シフトに穴を開けるのね」

「だからそうだよ」真琴は栗色の髪を搔《か》き毟《むし》った。「大丈夫だって。日曜そんなに混まないから……」

「代理の交渉をして」

「え？　なに？」

琴子は姿勢を正して言った。

「真琴が治るまでわたしが代わりに出てもいいか、雇い主さんに相談してみて。もちろんわたしが働いた分は真琴のものよ」

「はあ？」

真琴が身体を起こした。

「そんな馬鹿なこと、できるわけないでしょ」

「やるの」

琴子は立ち上がり、妹を見下ろして、

「わたしに任せて、真琴」

と言った。堂々と、当然のことのように。

　真琴も俺も呆然《ぼうぜん》として、何も返せなかった。

　交渉は意外なほどあっさりまとまり、琴子が代理で出勤することになった。マスターはよく言えば融通が利く、悪く言えば適当だと真琴から聞いていたが、これほどまでとは思わなかった。

　琴子は夕方になると、真琴の仕事用の服を着て「じゃあ」と家を出て行った。

　緊張が一気に解け、俺はベッドに倒れ込んだ。真琴も疲れ切った表情で天井を見上げている。

　俺は単刀直入に訊《き》いた。

「前から……ああいう人なのか」

「どうだろう。しっかりはしてたけど」

「押しも強かったのか」

「うーん。分からない」

　真琴は顔をしかめると、

「こんなに長い時間一緒にいるの、久しぶりだもん。十年？　いや、もっとか……とにかくわたしが大人になってからは初」

　ごろりと寝返りを打った。

「正直やりにくいよね。ごめん」

「謝ることじゃない。むしろお義姉《ねえ》さんには感謝してるよ」

「ホントに？」

「ああ」

「あれも？　重くない？」

真琴は仰《の》け反《ぞ》って台所を指差した。行平鍋《ゆきひらなべ》には豚汁が、フライパンには大根と豚肉の炒《いた》め煮が入っている。冷蔵庫には白菜の即席漬けが仕舞ってあるはずだ。どれも琴子が、家を出る直前に作ったものだった。冷蔵庫にあるもので、てきぱきと慣れた手付きで。

夕食を作ります、と言われた時はやんわり断ろうとしたが、彼女は譲らなかった。

「野崎さんはどうぞお仕事をなさってください」

俺は渋々、彼女の言葉に甘えることになったのだった。

戸惑いが全くないと言えば嘘になる。妹に怪我をさせた償いとはいえ、少し度を越している気がする。しかし。

俺は本心を言った。

「夕食が待ち遠しいよ」

「そっか。よかった」

真琴は微笑して枕に突っ伏した。

義姉の手料理は予想より濃い味付けだったが、真琴は懐かしいのか普段より食べていた。鍋を空にすると真琴は風呂《ふろ》にも入らず寝てしまった。疲れが溜《た》まっていたのだろう。式の準備は二人でしたつもりだったが、彼女にばかり負担を掛けたに違いない。考えてみれば、ウェルカムボードの完成が遅れていることすら、俺は把握していなかった。

泥のように眠る真琴の寝顔をしばらく眺めてから、俺は原稿に取り掛かった。

琴子が帰ってきたのは翌日の昼前だった。顔が少しばかり脂っぽくなっている以外、出かける前と変わったところはない。手にしたレジ袋にはマールボロ・ゴールド・オリジナルのカートンが突っ込まれていた。

真琴が心配そうに声を掛けた。

「どうだった……？」

「慣れたら割と楽しいものね、酔客の相手をするのも」

「そ、そうなんだ」

「最後までいたお客さんたちとカラオケに行ったの。それでこんな時間になった」

「カラオケって……姉ちゃん、何歌うの？」

「『アナと雪の女王』の主題歌」

「えっ、レリゴー？」

「冗談よ」

「じゃあ何歌ったの？」

琴子は答えず洗面所兼脱衣所に消えた。

真琴と俺が顔を見合わせていると、シャワーの音が聞こえ始めた。

三十分後。髪を乾かした琴子が、さっぱりした顔でリビングに戻ってきた。手袋を外している。彼女の傷だらけの手を目にするのはこれで二度目だが、まだ慣れることはできない。ちらりと視界に入るだけで彼女のこれまでの人生と、彼女が対峙《たいじ》してきた数多《あまた》の脅威について、考えずにはいられない。

水のペットボトルを差し出すと、彼女は「どうもありがとう」と受け取った。半分ほど飲み、煙草を手にして口を開く。

「真琴、依頼を受けてるそうね」

「うん」

真琴は表情を曇らせた。

「お客さんに聞いたわ。結構な事件が続いてるみたいじゃない。どうしてすぐ言わなかったの？」

「別に言わなきゃいけないわけじゃ……」

ごにょごにょと言葉を濁す。

「野崎さんもご存じですか？」

「え？　ええ、リサーチ程度ですが、関わってもいます」

「そうですか」

琴子は台所の換気扇を回し、煙草に火を点《つ》けた。何度か吸うと、鋭い目で真琴を見つめる。

「見えない通り魔、だったっけ？」

「そう」

「あるいは足音の怪」

「うん」

「どう思う？　大人しくなる？　それとももう終わった？」

「どっちも違う。このままだと、もっとよくないことが起こりそう。ただの勘だけど」

「わたしもそう思う」

琴子は紫煙を吐き、身体ごと俺たちに向き直って、

「真琴、これもわたしに任せて」

と言った。

半年前の、午前二時のことだ。

高円寺で飲んで帰宅途中の四十代男性が、自宅近くの阿佐谷《あさがや》北四丁目付近に差し掛かったところ、何者かにショルダーバッグを摑《つか》まれた。次いで胸ぐらを摑まれて引き倒され、そのまま十メートル近く引きずられて、民家の塀に叩《たた》き付けられた。

気付いた時には空が白々と明けかけていた。その日の日の出は午前五時十五分、つま

り男性は三時間以上も夜道で気絶していたわけだ。

バッグのベルトが千切れ、中身が四散していた。

この事件は全く表沙汰《おもてざた》にならなかった。男性本人が「酔っ払って喧嘩《けんか》でもして昏倒《こんとう》し、記憶が混乱しているのだろう」と解釈したせいだ。彼が自分の体験を口にするようになったのは、近隣——東京都杉並《すぎなみ》区の一角で、同じような事件が頻発してからだった。

梅里《うめざと》、堀《ほり》ノ内《うち》。新高円寺駅にほど近い、青梅《おうめ》街道から一本入った路地。

阿佐谷北三丁目、蚕糸《さんし》の森《もり》公園、少し離れて中野区大和町。我が家のすぐ近所だ。

午前零時から五時の間に、人気《ひとけ》のない暗がりで服や鞄《かばん》を掴まれ、引き摺《ず》り回される。或《ある》いは投げ飛ばされる。被害者は今のところ男性五人、女性二人の計七人。うち六人が軽傷で済み、一人が両足の骨を折る重傷を負った。

報道によると被害者に共通点はなく、捜査も進展していないという。大手メディアは「通り魔」「連続暴行犯」とあくまで通常の犯罪行為のように報道したが、実情は違うらしい。被害者たちの証言は界隈《かいわい》の噂になり、俺や真琴の耳にも届いていた。

被害者の誰一人として、加害者の姿を見ていなかった。覚えていないのではない。見えないのだ。

ただ——

足音だけは聞いていた。

夜道で奇妙な足音を耳にしていた。

獣の爪がアスファルトを掻《か》くような。猫でも犬でもない、もっとずっと大きな獣の。それがだんだん近付いてきて、奇妙に思った次の瞬間――

被害にあった彼ら、彼女らは口を揃えた。

いつしか一連の事件は、オカルトの文脈で噂されるようになった。まともに対処できる相手ではない、化け物の類《たぐい》だと見做《みな》す人間も、少しずつ増えていった。オカルトサイトやオカルト雑誌が適当な記事を書き飛ばし、全国の好事家に知られることとなった。リアルタイムのオカルト案件、あるいは怪異として。「見えない通り魔」という呼称を最初に使ったのは老舗《しにせ》オカルトサイト「ヴィマナ」で、「足音の怪」は『別冊実話デッドリーフレンドvol.2　黒い話』だ。

重傷を負った被害者の友人に、デラシネの常連客がいた。友人は悲しみと怒りを吐露し、胸を痛めた真琴は解決に向けて動くことになった。見えない通り魔の正体を暴き、その正体に応じた対処をする。もちろんボランティアで、だ。

「姉ちゃんくらいやんないと貰《もら》えない」

初めて会った時から繰り返し口にしている、彼女の流儀だった。

だが一向に手掛かりは摑めなかった。挙式の準備の合間に二人で夜回りをしたり、話し合ったりしたが、結果には結び付かなかった。ここ一ヶ月ほど事件は起こっていないが、そろそろではないか、という気もした。嫌な予感を拭《ぬぐ》えぬまま、俺も真琴も式を迎えたのだった。

俺は見えない通り魔に関して調べたこと、してきたことを、全て琴子に伝えた。二本目の煙草を吸い終わった彼女は、俺が話し終わるとすぐ口を開いた。

「真琴、アルバイトのシフトを教えて」

「何で？」

「当然でしょう。入ってない時にしか夜回りはできないもの」

「いいよ、そこまでやってもらわなくても」

「駄目。あなたが抜けた穴を埋めないと」

「姉ちゃんだって仕事があるんじゃないの」

「不思議なことに軒並み延期か中止になったの。もちろん先方の都合でね」

「ホントに？」

「わたしが嘘を吐くと思う？」

ナポリタンのことが頭に浮かんだが、指摘する気にはなれなかった。真琴も観念したのか、面倒臭そうに口を開く。

「ええと、今日と明日《あした》は入ってるけど、それから三日はナシ」

「じゃあ野崎さん、明後日《あさって》に夜回りをしませんか。現場も一通り見ておきたいですが、この界隈は不案内なので」

二年前——初めて彼女に会った時のことを思い出していた。あの時、琴子は得体の知れない強大な化け物に、たった一人で対峙した。俺はただ彼女の指示に従い、サポートすることしかできなかった。

ならば今回は。

「もちろんです」

俺は答えた。

「よろしく」

琴子はそれだけ言うと煙草の火を消し、リビングの隅にあるソファに横たわった。頭から毛布を被《かぶ》る。

すぐにすうすうと寝息が聞こえた。

「寝るの昔から早いんだよ」

真琴が小声で、困った顔で言った。


夕方に起きた琴子は真琴の服でデラシネに行き、朝方に帰宅してシャワーを浴び、ソファで眠った。真琴に話しかけることはほとんどなく、真琴も真琴で滅多に話しかけなかった。

そんな日が二度繰り返された後、予定通り彼女と俺は夜回りに行くことになった。家を出たのが午後九時。ほんの五時間ほど前のことだ。

まずは自宅近くの事件現場、次いで阿佐ヶ谷近辺の現場を一件一件案内する。琴子はいずれの現場でも何かに聞き耳を立てるような仕草をしたり、地面に触れたりしていたが、渋面で考え込むだけで何も言わなかった。

午前零時過ぎ。阿佐ヶ谷駅で中央《ちゅうおう》線に乗り、高円寺駅で降りて北口に出た時、俺は異変に気付いた。

ロータリーが閑散としていた。

普段は深夜でも老若男女がたむろしているのに、酎《ちゅう》ハイと煙草を手にしたスーツ姿のサラリーマンが数人、喫煙スペースに佇《たたず》んでいるだけだった。スケボーに興じる若者も、ストリートミュージシャンもいない。ヒッピーのような恰好《かっこう》をした、いかにも高円寺在住といった職業不詳、年齢不詳の人々もいない。改札から出てきた乗客たちも言葉少なで、足早に住宅街へと消えていく。

駅の灯《あか》りと、駅ビルに入ったファミリーレストランの灯り。そしてコンビニの灯りが、静かなロータリーを照らしていた。

琴子が訊《たず》ねた。

「どうされましたか」

「いや……こんなに人がいないのは珍しいので」

「デラシネのお客さんも言っていました。夜に出歩く人が減っていると。例の通り魔のせいでしょう」

「意外とこの手の話を真面目に聞くんだな、この街の皆さんは」

「身の安全を優先するのはいいことです。デラシネの売り上げが落ちるのは困りものですが」

琴子が呟《つぶや》いた。

南口の商店街に向かおうと高架下を通っていると、間延びした声がした。

「野崎さーん、真琴さんの旦那《だんな》さーん」

寿司屋のシャッターの前に、緑色の髪をした青年が胡座《あぐら》をかいて座っていた。ボロ布を縫い合わせたような派手な色のコートを羽織っている。

田青年だった。

彼の前のレジャーシートには、ポストカードが並べられていた。極彩色のオウムや甲虫、蝶《ちょう》などが生き生きと描かれている。傍のパネルには「オリジナル、手書きポストカード一枚２００円」と、毛筆で殴り書きされている。

俺は琴子と田青年に互いを紹介した。田青年は屈託のない笑みを浮かべて、「へー、全然似てないっすね」と笑った。

「ウェルカムボードありがとう。玄関に飾ってるよ」

「ほんとっすか？　いやあ、嬉《うれ》しいなあ」

「こういう絵も描くんだね」

「へへ。よかったら如何《いかが》ですか。真琴さんのご家族ってことでサービスしますよ」

「お金は払います」琴子が有無を言わせぬ口調で言った。「そのオウムを一枚。野崎さんはどれにしますか？　奢《おご》りますよ」

「……では、そのトカゲを」

「いやー、すいません助かります。今日久々に店出したんすけど、全然売れないんすよ。やっぱ路上は毎日やんないとだなあ。バイトやりすぎて一ヶ月くらいサボってたから」

田青年は朗らかに言って、ポストカードを差し出した。

「見えない通り魔のせいでは？」

琴子が訊ねた。俺はトカゲのカードをしばし眺め、ジャケットの内ポケットに仕舞う。

「いやあ、どうなんすかねえ。まあ確かに出歩いてる人、少ないっすね」

「田さんは怖くないんですか」

「さっきジャリって音がして、めっちゃビビりましたよ。野良猫でしたけど、へへ」

「そう……では、今後も真琴と仲良くしてやってください」

琴子の言葉に、青年は酷《ひど》く恐縮した。

「仲良くってそんな。恩人に畏《おそ》れ多いっすよ」

「恩人？」

俺は口を挟んだ。そういえば彼のことは真琴の知り合いである以外、何も知らない。

田青年は気恥ずかしそうに鼻を擦《こす》ると、

「実は自分、去年の春に親元を飛び出してここに越して来たんすけど、まあぶっちゃけ荒れてたんすよ。八度目の東京藝大に落ちちゃって」

本邦最高レベルの芸術大学だ。五浪六浪は当たり前、十浪して入学する人間もいると聞く。それほど魅力的なのだろう。

「それは辛《つら》かっただろうね。夢破れたというか……」

「いえ、破れたんじゃなくて、敗れたんすよ。兄貴に負けたんす。日本画家のサカエ・デンって知りません？　けっこう歳離れてますけど」

「ああ、あの」

　サカエ・デン。ニューヨーク在住の画家で、俺でも知っているほど著名だ。日本画の技法で描かれた高層ビルや工場群は、見ていて単純に面白い。顔写真を見かけたことが何度かあるが、そういえば目の前の田青年と、目の辺りが似ている気もする。

「うち親戚《しんせき》含めて芸術一家なんすよ。そんであいつはそのトップというか、まあ誇りなわけっす。で、自分は落ちこぼれ。あいつが現役合格した大学に、俺は七浪しても駄目で、まあ当たり前のように虫ケラ扱いっすよ。藝大入れません、じゃあ田家には要りません、みたいな」

「馬鹿げた話ね」

　琴子が冷たく言い放った。

「自分も今はそう思いますけど、ここ来た時はもうドン底っていうか、一生クズなんだって気持ちになってて。まあ洗脳っすよね。兄貴もなんかムカつくし」

　田青年はへへへ、と笑って、

「そんで友達ん家《ち》に居候して、昼夜逆転生活して、なんかむしゃくしゃしたら夜な夜な落書きして回ってたんすよ。グラフィティなんて立派なもんじゃないすよ。シャッターとか壁とかに、スプレーでシャーって丸描いて線引いて、汚しただけの代物っす」

いくつか場所を挙げる。うち二箇所の落書きは記憶にあった。タモリが昔「安産祈願」と称して描いていたという、小・中学生の男子が喜ぶ類《たぐい》の落書きだ。

「そしたら忘れもしない今年の三月三十日っすよ。落書きしてたら、ほぼ白髪みたいな金髪の女の人に見つかって。それが真琴さんで」

「ああ、確かその頃そんな髪色だったな」

「凄《すご》んでみたんですけど真琴さん全然ビビらなくて、そのまま飲み屋に連れて行かれて朝までコースでした。最初うぜーなって思ったんすよ、歳もそんな変わらないのに姉御っぽいノリだし。でもまあ、それきっかけで色々考えるようになって……とりあえず落書きは止めました」

初めて聞く話で驚きはしたが、同時に納得もした。真琴ならこの手の話を周囲に吹聴《ふいちょう》したりはしないだろう。

「そんで商店街の……あっちのサイゼでバイト始めて、ここで路上販売始めて。で、今に至ります。まだ居候だし、自分落ちこぼれだって気持ちは消えないし、これとかも下《へ》手《た》クソな絵だなって思いますけど、前よりは楽しいっす。だから真琴さんは恩人」

「真琴が……」

琴子はオウムのポストカードをまじまじと見つめた。

何もかもが解決したわけではなさそうだが、少なくとも一歩、いや二、三歩は踏み出せている。真琴の優しさで、この青年は前に進めたのだ。

誇らしい気持ちになっていた。同時に申し訳ない気持ちにもなっていた。真琴のような立派な人間と、自分は釣り合うのだろうか。今更湧き起こった卑屈な劣等感に戸惑っていると、「これくださーい」と甲高い女性の声がした。

二十代半ばらしい男女の二人組が、田青年のポストカードを買っていた。女性はクジャクとハチドリの絵を、男性は毛虫と蛇を。

二人は互いの絵についてあれこれ楽しげに指摘しながら、肩を寄せ合って、南口の方へと歩き去った。入れ替わるように学生らしきグループがやってきて、並んだポストカードを覗《のぞ》き込む。

俺と琴子は田青年に挨拶《あいさつ》して、その場を後にした。

「真琴さんによろしく！」

彼の軽い声が高架下に響いた。

高南《こうなん》通りを南下して新高円寺方面に向かう。人も車もまばらで、開いている飲み屋やラーメン屋もひっそりと、息を潜めているように感じられる。

「このあたりで路上喫煙は禁止ですか」

琴子が前を向いたまま訊ねた。煙草のケースを手にしている。

「ええ。残念ですが」

「真琴は……ああやって暮らしているんですか」

「というと？」

「人と語らう仕事をして、人とお酒を酌み交わして、仲良くなって」

「そうです」

「無償で人を助けて」

「ええ。それが真琴です」

俺も前を向いたまま言った。

これまで真琴が人の迷いを祓《はら》い、よりよい方向に導いたことは何度もあった。初めて会った時もそうだ。本人はあまり話したがらないが、今の家をたった五万で借りるに至ったのも人助けがきっかけらしい。

かいつまんで説明すると、琴子は小さく鼻を鳴らした。

「人助けも結構ですが、力不足で痛い目にも遭っている。知紗《ちさ》ちゃんの件はまさにそうです。その後あの母娘《おやこ》は如何《いかが》ですか？」

「先月会いましたが、元気で仲良くしていましたよ」

「他はどうです？　無茶な案件に首を突っ込んで死にかけたことは？　野崎さんが巻き添えになったことは？　梅雨時は日本にいなかったので、真琴のことはほとんど分かりませんでした」

「その頃は……」

「あったんですね」

俺が答えられずにいると、琴子は溜息《ためいき》を吐いた。

「真琴に無茶をさせないでください」

煙草を一本抜いて、口に咥《くわ》える。

「できたらわたしの真似もやめさせて欲しい」

「しかし」

「言ってもあの子は聞かないでしょうね。だから無茶だけはさせないようにと」

ジャケットのポケットをまさぐる。

「罪滅ぼしとはいえ何日もお邪魔して迷惑ではないかと心配でしたが、結果的に良かったのかもしれない。あの子に無茶をさせずに済みますし——わたしの方が適任です」

「迷惑だなんてとんでもない」

俺はそこだけ明確に否定した。

「俺は勿論《もちろん》ですが、真琴も嬉《うれ》しがっていましたよ」

「本当に？」

琴子がこちらを見た。

驚きとも喜びともつかぬ表情が、わずかに浮かんでいた。

「ええ。はっきりと口にしてはいませんが、なんとなく分かります。久しぶりで戸惑っているだけで、きっと——」

「ちょっと黙って」

琴子が鋭い声で言って、足を止めた。元の無表情に戻って、遠くを見ている。

「聞こえませんか。悲鳴です。助けを求めている」

「いえ、全く」

本当に聞こえなかった。耳に届くのは来た道の方から聞こえる、中央線の電車の音だけだった。

「そう……現実の音声じゃないのね」

煙草をポケットに無造作に放り込むと、彼女は駆け出した。意外なほど俊足だった。

小さな身体があっという間に遠ざかる。俺は慌てて後を追った。

リサイクルショップを左に曲がり、住宅街を突っ切る。古いアパートと狭い戸建てが窮屈そうに密集する区画を、琴子はポニーテールをなびかせて走っていた。

彼女が足を止めたのは、小さな公園の中だった。滑り台とブランコとベンチ、ネットで覆われた砂場があるだけの、寂しい公園。

ブランコが揺れていた。

その側に二つの人影が横たわっていた。街灯の光の中に黒々と浮かび上がっている。

息を切らせて駆け寄り、覗き込んで、俺は息を呑《の》んだ。

ついさっき、高架下で見かけた若いカップルだった。

男性の頭部は不自然な形に凹《へこ》んでいた。

女性の首はあらぬ方向に曲がっていた。

ブランコの支柱が大きく折れ曲がっていた。

周囲に散ったくしゃくしゃのポストカードの鳥と虫の絵だけが、ほとんどモノクロームの光景に彩りを添えていた。

二人の首や口元に手を当てていた琴子が、機械的に頭《かぶり》を振った。

「まさか……」

「しっ」

琴子は唇に人差し指を当てた。その直後。

かり

音がした。

硬い物がアスファルトを掻《か》く音だ。

俺と琴子の荒い息遣いの合間に、確かに聞こえる。

かり、かり、かり

公園のすぐ外から、断続的に。

かり、かり、かり、かり
かり、かり、かり、かり

外の道を行ったり来たりしている。

まるでこちらの様子をうかがっているようだ。

そこまで考えてようやく気付く。

これは足音だ。見えない通り魔の、爪が地面を掻く音だ。

「野崎さんには見えませんか」

琴子が小声で訊《き》いた。俺も小声で返す。

「ええ。足音が聞こえるだけです」

「そう」

琴子はそっけなく言うと、ポケットから曲がった煙草を取り出した。素早く咥える。

「ひょっとして……見えるんですか」

「ええ」

彼女は今度は一発でライターを探り当て、

「初めて見ます。あんな姿の化け物は」

と、煙草に火を点《つ》けた。

がりっ

瞬間、一際大きな足音が辺りに響いた。続けてこれまでより小刻みの足音が、凄《すさ》まじい速度で遠ざかっていく。

逃げるのか。

「通報してください」

琴子が言うなり、音のする方へ走っていった。

俺は一一〇番して公園の所在地と、人が倒れていることだけを告げ、カップルの遺体に手を合わせてから琴子を追いかけた。

環状《かんじょう》七号線、通称「環七《かんなな》」に出た。杉並区と中野区の境近くを縦断する都道だ。片道三車線の広い道路を、トラックやタクシーが凄まじい速度で飛ばしていた。これでは足音は聞こえない。

完全に息が切れていた。周囲に目を向けると、遠くのクリーム色の歩道橋に、小さな人影が見えた。

琴子だった。こちら――高円寺側の階段を上ってすぐのところに仁王立ちになり、煙草を吹かしながら、反対側、中野側の階段の方をまっすぐ見つめている。

琴子がゆっくりと歩き出した。俺は早くも痛みを訴える足を無理に動かし、歩道橋へ走った。

遠くから傍観する気にはなれなかった。

それ以上に嫌な予感がしていた。

妙だ。琴子がいるのに少しも安心できない。

歩道橋に辿《たど》り着き、手摺《てす》りにぶら下がるようにして、何とか階段を上り切った。琴子は橋の真ん中で、こちらに背を向けて立っている。

彼女の周囲を紫煙が舞っていた。霧のように、琴子を取り囲むように漂っている。ヘッドライトや街灯に照らされ、ぼんやりと白く光っている。

トラックが連続して何台も、轟音《ごうおん》を立てて橋の下を走り抜けた。

ぐらりと足元が揺れた。

トラックの所為《せい》だと思ったが、いつまで経っても収まらない。規則正しい振動が、アスファルトから靴を通して身体に伝わる。立っていられず手摺りを掴《つか》む。

この揺れは、振動は。

瞬間、不快な金属音が耳を貫いた。

琴子から数メートル向こうの、両方の柵《さく》が外側に大きく曲がった。まるで飴《あめ》細工か針金のように。

これまで以上に大きく歩道橋が揺れる。

目の前のアスファルトに亀裂が走る。

俺ははっきりと悟った。見えないが理解した。

何かが歩道橋をこちらめがけて歩いてくる。琴子に迫っている。

琴子が前方に勢いよく、煙草の煙を吹きかけた。周囲の紫煙もそれに続けとばかり、向こうへと広がっていく。

煙の中に影が浮かんだ。

「あっ」

俺は小さな悲鳴を上げていた。全身を寒気が走り抜けた。

影は巨大だった。

歩道橋が窮屈に見えるほど大きく、丸々とした影だった。高さ三メートルは下らない。全身が毛に覆われ、腕も足も丸太のように太いのが、輪郭で分かる。熊のように思えたが、決定的に違う箇所がある。

大きな頭に湾曲した角が生えていた。

がりっ、がりっ

影が猛然と駆け出し、勢いよく腕を振り上げた。歩道橋が激しく揺れる。

次の瞬間、鈍い音とともに琴子の身体が宙を舞った。

見えない腕の一撃を食らったのだ。俺は咄嗟《とっさ》に駆け出し、落ちてくる彼女を受け止めた。バランスを崩して尻餅《しりもち》をつく。

琴子の顔を覗《のぞ》き込もうとした時、頭上で唸《うな》り声がした。と、思った時には凄まじい衝撃が身体を襲った。

そこで意識が途絶えた。

二

俺は今、見えない通り魔に襲われ、殺されかけている。

視覚で認識できない腕に掴まれ、持ち上げられながら、公園で事切れていたカップルを思い出していた。白黒の公園。無言で横たわる男女の影。田青年のポストカードだけが色彩を帯びている。

真琴の予感は大当たりだ。今までより酷《ひど》いことが、現実に起こった。

彼女の顔が頭に浮かんだ。笑う真琴、怒る真琴。眠る真琴。喪服姿で黒いウィッグを被《かぶ》り、目を真っ赤にした真琴。

これは不味《まず》い。無意識に死ぬ覚悟をしている。死を受け入れている。焦りとともに新たな恐怖が込み上げた、その時。

青白く光る煙が、視界を掠《かす》めた。

途端に見えない腕が離れ、俺は歩道橋のアスファルトに背中から落下した。全身が粉々になったような痛みに、思わず呻《うめ》き声を漏らす。

「野崎さん！」

琴子が脇腹を押さえながら駆け寄った。俺は何とか上体を起こし、柵にもたれる。

「大丈夫ですか野崎さん」

「……骨はやられてないようです。そちらは」

「かすり傷です」

琴子はさらりと言ったが、その唇には血が滲《にじ》んでいた。

「あいつは」

「煙草の煙を吹きかけたら逃げました。追いかけましょう。即席の発信機を付けておいたので、どこにいるかは分かります」

即席の発信機。現実離れした言葉に目眩《めまい》がする。だが信じざるを得ない。義姉の口調は静かだが強烈な説得力があった。俺は立ち上がって訊《たず》ねた。

「どっちに逃げましたか」

「あっちです。どんどん遠ざかっていく」

琴子は南西の方角を指差した。

環七でタクシーを拾い、青梅街道を右折――西に曲がって直進する。運転手は俺たちの姿を見て驚きを隠さなかったが、何も訊かなかった。面倒ごとに巻き込まれると思ったのだろう。真琴から電話があったこと、スマホを落としたことを伝えると、琴子はポケットから自分のスマホを取り出した。

「わたし。二人とも無事。寝てなさい」

真琴にそれだけ言って通話を終え、「寝ないでしょうね」とつぶやいた。

琴子の指示で南阿佐《みなみあさ》ケ《が》谷《や》の郵便局の前でタクシーを降りる。距離にして歩道橋から二キロと少しだった。思ったより近いが決して奇妙ではない。事件は狭い範囲に集中している。この界隈《かいわい》に見えない通り魔の棲家《すみか》があってもおかしくない。

いや——通り魔などという呼称は生温《なまぬる》い。

歩道橋でぼんやり見えた姿は、化け物と呼ぶにふさわしかった。その輪郭も大きさも。

琴子の先導で南西に向かって歩いた。青梅街道の車の音は早々に聞こえなくなった。緩やかな下り坂には一戸建てが立ち並んでいる。人通りはない。

坂を下り切ると視界が開けた。出来たばかりの高級低層マンション群の、広大な敷地だった。狭い道路を挟んだ向かいにある、古めかしい建物は税務署だ。どちらもおよそ化け物には似つかわしくないが、では似つかわしい建物とは何だろう。古刹《こさつ》か。それとも名家の屋敷か。職業病か、こんな状況で馬鹿げたことを考えてしまう。

「止まった」

出し抜けに琴子が言った。

「動かない」

歩調を速めた。俺もそれに倣う。

マンションのすぐ前の道を進み、杉並区を蛇行し縦断する善福寺《ぜんぷくじ》川を渡って、川沿いを川下へと歩く。春先なら深夜でも花見という名の酒盛りで賑《にぎ》わうが、今は俺たち以外の誰もいない。聞こえるのは寂しげな川のせせらぎと、風で落ち葉がサラサラ鳴る音ばかりだった。

「根城へ帰った、ということですか」

「でしょうね」

「そういえば……この先に弥生《やよい》時代末期の遺跡がありますよ。こっちの岸では確か墓が発掘されたはずです」

自分の言葉で思い至る。そうだ。この界隈には遺跡がある。古代の墓がある。あいつはそこに眠っていて、何かの切っ掛けで目覚めたのかもしれない。

二千年近い眠りから覚めた、古《いにしえ》の化け物。

琴子が「初めて見ます」と言っていたのと符合する。あの巨体や異形にも合致するような気がする。三流オカルトライターの妄想と言ってしまえばそれまでだが、憶測せずにはいられなかった。

「……変ね」

琴子が立ち止まった。

「どうしました」

「見えないんです。すぐ近くにいるはずなのに」

辺りを見回す。

「発信機の位置は？」

「そこです。そこの木の辺り」

琴子は足音を殺しながら、数メートル先にある桜の木に少しずつ近付いた。

俺は木の上の方に目を凝らし耳を澄ましたが、何も見えずそれらしい音もしない。考えてみれば歩道橋があれほど揺れるのだ。もしあいつが木に登っているのなら、枝が大きく撓《たわ》んでいなければおかしい。

「まさか……」

琴子はしゃがみ込むと、木の根元に手を這《は》わせた。何かを摘《つ》まみ上げるような仕草をしたが、全く見えない。近寄って覗き込むと、細く黒い糸のようなものが目に留まった。

長い髪の毛だった。

「これが発信機？」

「ええ。わたしの髪です。よくある呪術《じゅじゅつ》の応用ですね」

「じゃあ、この桜の木があいつの……？」

俺は中腰で木を見上げた。周囲の桜の木と比べても決して立派とはいえず、むしろ貧相だ。感覚的にあの化け物と結び付かない。

「いいえ、この木はただの木です」

琴子が言った。素早く立ち上がり、煙草に火を点《つ》ける。周囲に視線を向ける。

強い風が落ち葉を鳴らした。

腕に鳥肌が立って、全身に広がっていく。

「そうか……おびき寄せられたってことか」

俺のつぶやきに、琴子は無言で頷《うなず》いた。

ぱしゃん

背後の川で水の跳ねる音がした。

がりっ、がりっ、がりっ

あの足音だ。勢いよく駆け上がってくる。

川に潜んでいたのか、と理解した直後。

後ろからジャケットの襟を摑《つか》まれ、激しく引っ張られた。そのまま物凄《ものすご》い勢いで地面を引き摺《ず》られる。剝《む》き出しの背中に激しい痛みが走り、思わず呻き声が漏れる。

「野崎さん！」

琴子の声が足元のはるか遠くに聞こえた。

頭上ではガリガリと大きな足音が響いていた。

摑まれているのは襟だけだ。だからジャケットを脱げばいい。頭ではすぐ対策を思いついたが身体は全く動いてくれず、引き摺られるままになっていた。地面から突き出た石に肩を思い切りぶつけ、間抜けな悲鳴を上げてしまう。

と、一際大きな足音がした。

引っ張る力が一気に強くなった。とっさに襟を両手で摑み、首が絞まるのを防ぐ。頭の隅でホッとした次の瞬間、身体が浮いた。

木の枝が瞬時に目の前に迫り、顔面を直撃する。背中を擦《こす》っていた地面を全く感じられなくなっている。恐る恐る目を開けると夜空が広がっていた。

化け物は俺を引っ張ったまま跳び上がっていた。

木々と柵《さく》を跳び越え、住宅街へと向かっている。信じられない跳躍力だ。

必死で周囲を見回し、なんとか状況を把握したところで、背中に衝撃が走った。内臓が破裂しそうな痛みに襲われ、息が詰まる。

道路に——アスファルトに叩《たた》き付けられたのだ。

意識が薄れていく。力が抜けていく。襟を摑む手を離した瞬間、脱皮するようにズルズルとジャケットが脱げた。まず首が、次いで腕が。道路を転がって激痛に喘《あえ》ぎながら、俺は必死で目を開けた。

数メートル先で、ボロボロになったジャケットが宙に浮いていた。

ふわふわと揺れていたが、やがて糸が切れたように落下する。街灯がスポットライトのように、アスファルトに落ちたジャケットを照らしている。

化け物が手放した、ということか。

かり、かり

また足音がした。

俺は逃げようとしたが、痛みで寝返りを打つこともできなかった。うつ伏せでわずかに上体を起こし、前を見て呼吸するだけで精一杯だった。

また引き摺られるのか。殴られるのか。どちらにしろ俺は見えない化け物に殺されるだろう。いや、きっと殺される。琴子の助けも間に合わない。

俺は死を覚悟した。真琴のことを思い浮かべながら、足音が近付くのを待った。

かり、かり、かり、かり、かり

かり、かり、かり、かり、かり

足音はせわしなくジャケットの辺りを歩き回っていた。

一向にこちらに来る様子がない。

遊んでいるのか。たっぷり怖がらせてから殺す算段なのか。腹立たしいが抗《あらが》う力は残されていない。

かっ、かり、かり、かり

足音はゆっくりと、立ち並ぶ家の方に向かった。

かり、かり……

そして——聞こえなくなった。

息を殺し、必死で聞き耳を立てたが、それらしい音はまるで拾えなかった。静寂が心臓を締め付ける。動かない景色が恐怖を煽《あお》る。次の瞬間には一撃を食らう、次の瞬間には死ぬ——そんな予感が頭から離れず、冷や汗が全身から溢《あふ》れ出る。震えが止まらない。

背後から足音が近づいて来た。人間の足音。駆け足。ということは。

「野崎さん！」

琴子が視界に現れた。肩を掴まれ激しく揺さぶられる。

「い……意識は、あります。大丈夫では、ない、と思います」

俺はどうにか答えた。

琴子の仏頂面に一瞬、安堵《あんど》の表情が浮かぶ。

「化け物、は」

「消えました」

「というと……？」

「言葉どおりの意味です。そこの家の前で、煙みたいに」

　琴子に支えられて歩道に座る。俺の背中を確かめた琴子が「大変」と無感情に言う。惨状を想像しないようにして、俺は家を見上げた。化け物が前で消えた、つまり素直に考えて、化け物と何らかの関係がある家を。

　コンクリート打ちっ放しの、要塞《ようさい》のような邸宅だった。ガレージのシャッターの幅から察するに、車は複数台お持ちらしい。玄関がどこにあるか、すぐに分からないデザインをしている。ガレージの横の外壁に、ドアホンとカメラらしきものが並んでいた。その下には正方形の金属のプレート。表札だと分かったのは、プレートの右下に小さく文字が刻印されているのが見えたからだ。

　全身の痛みが半分ほど引いた頃、俺は立ち上がって表札を確かめた。

　表札には「諸田《もろた》」と彫られていた。

　ドアホンを何度か鳴らしたが応答はなく、俺と琴子は青梅街道に引き返し、タクシーで家に帰った。背中の怪我でシートにもたれることができず、不自然に背筋を伸ばして呻《うめ》きながら座らざるを得なかった。今度の運転手も驚いていたが、何も話しかけてこなかった。

真琴は案の定、起きていた。

彼女の涙目を見た瞬間、俺は強烈な眠気に襲われ、その場にくずおれた。

目が覚めたのは朝九時だった。すぐに病院に行ったが幸いにも骨や内臓に損傷はなく、入院はせずに済んだ。背中も思ったほど重症ではなく、診察した医者は俺の背中を見るなり「うわあこりゃ大変だあ」と楽しそうに言った。

待合室のテレビには見知った街が映され、あのカップルの不審死が扇情的に取り上げられていた。出会いは街コン。交際期間は二年。結婚式は来年六月予定。二人の友人を名乗る人間がカメラの前で悲しみのコメントをし、スタジオではコメンテーターが神妙な面持ちで、現代社会を漠然と憂えていた。

診察を待つ人々のほとんどは食い入るようにテレビを見ていた。そうでない人間は「酷《ひど》いねえ」「昔は平和だったのに」と事件について話していた。

二人の死を悼むうちに、改めて恐ろしくなった。

俺も運が悪ければ死んでいただろう。今頃は病院の待合室ではなく、霊安室にいたかもしれない。

薬局で薬を受け取って帰宅し、大事でないことを告げた瞬間、真琴は「よかったあ」と枕を抱いて転がった。

琴子はベッドの隅に腰掛けていた。白いブラウスに濃紺のカーディガンにジーンズ。学生のような恰好《かっこう》だが外出着なのは間違いない。そうだ。休んでいる暇などない。また新たな犠牲者が出るかもしれない。あるいは今日の深夜にも。

「真琴は自宅待機ね」

何か言いたそうにしていた真琴に、琴子は冷たく言い放った。

午後一時。道中で簡単な打ち合わせをして、俺と琴子は諸田邸のドアホンを鳴らした。

「はい」男の低い声がドアホンから聞こえた。

「ライターの野崎昆《こん》と言います。この界隈《かいわい》の言い伝えや不思議な出来事を調査しているのですが、もしよろしければお話をうかがえますか」

事実ではないが嘘を吐いてもいない、正攻法といえば正攻法だ。断ってくれるな。せめてドアホン越しで応じてくれ。俺は固唾《かたず》を呑《の》んで相手の反応を待った。

「野崎さん、ね」

少しの間があって、

「『月刊ブルシット』やなんかで書いてる人だね？　どうぞ」

困惑を滲《にじ》ませながら男は言った。

玄関で俺たちを迎え入れたのは、引き締まった顔と分厚い胸の中年男性だった。シルクのパジャマにガウン、大きな目と逞《たくま》しい顎《あご》は、成功者然とした雰囲気を醸し出している。男性は「まあお入りください」と言いながら首を傾げた。

「どうかされましたか」と琴子が訊《たず》ねた。

「不思議なこともあるもんだな」

「と仰《おっしゃ》いますと？」

「いや……後で話そう。諸田徹《とおる》と言います」

彼は大手製薬会社の名前を挙げた。社長だという。

俺は簡単に自己紹介をした。琴子は「アシスタントの鈴木《すずき》」と名乗った。

応接室に通されるのかと思ったが、彼に案内されたのはリビングだった。我が家がすっぽり入るくらい広い。壁の一面はガラス張りになっていて、庭の芝生が眩《まぶ》しい。

壁にはそこかしこに絵が架かっていた。棚には前衛的な柄の皿が飾ってあった。奥の壁に架かっているのは、サカエ・デンの描いた東京タワーだった。

「言い伝えや不思議な出来事を調査している、と言ったね」

「ええ」

「昨日あったよ。撮れたてだ」

唐突な告白に驚いていると、彼は壁のインターホンのボタンを押した。

画面に映し出されたのは暗く粗く、コマ数の少ない動画だった。頭や服の至る所に枯れ葉の付いた痩《や》せた男が、カメラの前でふらふらと揺れている。その後方では小柄でポニーテールの女性が横を向いている。

俺と琴子だった。

「あなた方によく似ているが、どう思う？」

昨日ドアホンを鳴らした時、録画されていたのか。狼狽《ろうばい》が顔に出ないようにしていると、諸田徹が話し始めた。

「深夜二時頃にここを訪ねてきた。家族は寝ていて気付かなかった。今朝出張から帰ってきて、確認して奇妙に思ってね。そしたら今になって、これとよく似たあなた方が訪ねてきた。この手のことには全く興味がないが、さすがに驚かざるを得ない」

「そう、ですね」

「最近は妙な事件が続いているし、昨夜、いや今日の未明には殺人も起こった。オカルトライターの見解を聞きたくてね。これは何だろう？」

　俺は言葉に詰まった。どうやって切り抜ければいい。怪我のせいか頭が働かない。一方で目の前の男も奇妙に思えた。俺たちを怪しんでいるが、それにしては冷静で、拒絶しているようには感じられない。どういうことだ。

「他人の空似でしょう」

　琴子が平然と言った。

「単純な話、このように不鮮明でコマ数の少ない映像では、人物の判別も同定も困難です。もちろん私共では有り得ません。ただでさえ胡散臭《うさんくさ》いと思われがちな商売です、こんな非常識な時刻に、こんな怪しい恰好で、知らない人を訪ねるなんて真似ができるわけがない。ねえ、野崎先生？」

わざとらしい笑顔で問いかける。

「ああ、うん。もちろん」

俺は肝を冷やしながら調子を合わせた。

「ふむ、たしかに」徹が唸《うな》った。「随分お粗末なカメラだな。こんな時間に客なんて来ないから、夜間撮影の精度なんて気にしたことがなかったせいもあるが……」

「怪しい男女といえば、それこそ見えない通り魔に殺されたお二人と直接関連付けた方が筋が通りませんか？　要するに幽霊です。殺された恨み辛《つら》みで魂魄《こんぱく》この世に留《とど》まりて、この界隈を彷徨《さまよ》っている」

「馬鹿馬鹿しい」

「ええ、馬鹿げた妄説ですよ。単なる酔っ払いのカップルだと考えた方がよほど現実的です。もちろん野崎先生もわたしも、霊感だの霊視だのというありもしない能力を騙《かた》ってこの映像を読み解いたりはしません。わたしたちはあくまで理性と知性で、世の不思議に向き合っているのです」

「ええ、そうです。それが仕事です」

「ですから、答えは〝分からない〟、可能性として一番高いのは〝酔っ払い〟。結論を出せない場合は保留する。オカルトに限らずあらゆる仕事に言えることですね」

琴子はもっともらしい長広舌を打ち切った。

徹は呆気《あっけ》に取られたようにこちらを見ていたが、やがて我に返って言った。

「そうか。いや、失礼。試すような真似をして悪かった」

長いソファを示すと、

「少し待っててくれないかな。ちょっと家族に確認してくる。この手の話題なら私より適任というか、つまり……」

不意にかしこまって、

「これも何かの縁です。これから家族の——兄の話し相手になっていただけませんか」

「どういうことですか？」

俺は率直に訊ねた。意味が分からない。

「兄がその手の愛好家でね。コレクターでもある。家から出られなくてネット三昧《ざんまい》だが、人と直接話すことに飢えているようだ。私は兄経由で多少の知識がある程度で、議論なんてとても」

説明を聞いても素直に飲み込みづらい。再び訊ねようとすると、

「分かりました、是非お願いします」

答えたのは琴子だった。

徹が見えなくなると、俺は小声で言った。

「怪しくないですか？　初対面の俺たちにする頼み事じゃない」

「ええ。ですがさっき諸田氏はお兄さんのことを〝コレクターでもある〟と言っていま

した。化け物と関係があるかもしれない」

「しかし……」

「全く気配を感じません。攻め込むなら今のうちです」

琴子は周囲に視線を走らせながら言った。反論したい気持ちを抑え、俺は待つことを選んだ。

数分後。戻ってきた徹に案内され、エレベーターで二階に上がる。一番奥の部屋をノックした諸田が、「どうぞ」とドアを開ける。

埃《ほこり》っぽい臭いが鼻を突き、とっさに息を止めた。

広い部屋は薄暗く、物で溢《あふ》れ返っていた。

オカルト雑誌があちこちに山と積まれ、足の踏み場はほとんどない。壁の棚には箱や紙くずが無造作に詰め込まれている。これまで見てきた部屋との落差に戸惑っていると、奥で物音がした。

本の隙間から、膨らんだ顔が覗《のぞ》いた。白黒まだらの長い髪が、これまた白黒まだらの無精髭《ぶしょうひげ》の生えた頬に張り付いている。

「兄貴、こちら野崎さんだ。色々――」

「もういい。下がってろ」

甲高い声が、色の悪い唇から漏れた。徹は申し訳なさそうに、こちらに小さく肩を竦《すく》めてみせる。

「先生」

琴子がにっこりと先を促した。俺は平静を装い、積まれた本の隙間に足を踏み入れた。

諸田渉《わたる》は弟の徹とは似ても似つかない、肥満体型の男だった。話し方は当初不明瞭《ふめいりょう》で投げやりだったが、次第に饒舌《じょうぜつ》に、はっきりしたものになった。

ベッドから一度も起きなかったが、「身体が悪くてね」と最初に言ったきりで、それ以上の説明はしなかった。埃まみれの部屋に座ることは躊躇《ためら》われ、俺も琴子も立ったまま、彼と話した。

話し始めて早々に、徒労に終わることを悟った。

彼のコレクションは妖怪《ようかい》や未確認動物の食玩《しょくがん》、粗悪な河童《かっぱ》のミイラなど、金さえあれば誰でも揃えられる類《たぐい》のものばかりだった。

琴子はさりげなく部屋のあちこちに視線を向けていたが、やがて小さく首を振った。彼女の力で感知できるようなモノもないらしい。会話自体はマニア談義として楽しいものではあったが、俺は次第に焦りを覚えるようになった。

話が一時間を超えた頃、渉が訊ねた。

「見えない通り魔についてどう思う？　ついに殺したんだって？」

「事件は人間の仕業だと思いますよ。見えない云々は単なる噂です。亡くなったお二人のご冥福《めいふく》をお祈りします」

もちろん本当のことは言えず、当たり障りのない回答を捻《ひね》り出す。

「ふん、つまらない返しだな」

「なにせたった十二時間ほど前の話ですから。そんな段階でネタにするのは単なる悪趣味、鬼畜系です」

「いい子ちゃんかよ」

「とんでもない。記事にするのはアリかナシか分けているだけです」

「じゃあ今回のは記事にしないのか」

「おそらく」

「弟が絡んでるかもしれない、って言っても?」

渉はニヤニヤしながら俺を見上げた。

手元の古雑誌を眺めていた琴子が、顔を上げる。

「……どういう意味ですか」

「通り魔が出る時、徹は常に家を空けてるんだ。今までの八件、全部そう。あいつに聞いてみてくれ。まあ、しらばっくれるだろうけど」

ししし、と黄色い歯を見せて笑う。

「偶然とは思えないんだよなあ。きっとすごい力を使ってるんだぜ。超能力か、呪いか。使い魔か。ししし」

どこまで本気なのか計りかねたが、俺は訊《たず》ねた。

「どうしてそうお考えなんですか？　動機の話です」

「分かんねえのかよ。俺だよ。俺みたいなお荷物抱えてムシャクシャしない奴がいるか」

渉は吐き捨てるように答えた。

「あいつはな、俺のせいで嫁さんとガキにも逃げられてるんだよ。あんな働きもせず家にいるだけの、汚いデブと一緒に暮らせないって。もう別居して二年、いや三年、もっとか？　とにかく俺が理由で子供とも会えない。見栄っ張りで俺のことを他人に知られたくないくせに、根性なしだから俺を追い出すこともできない。だから一人で俺の面倒を見てる」

「失礼ですがご病気は……」

渉は毛布を払いのけた。埃が舞い、体格と釣り合わない細い両足が露《あら》わになる。右足は膝《ひざ》から下がなく、左足は親指がなかった。糖尿病か。

「あんたらをここに連れてきたってことは、あいつもいよいよ限界なんだろうよ。ま、それでもヘルパーや何かじゃなくて、たまたま家に来たオカルトライターを連れてくるってとこが最高だよな。ハハ、ハ。無茶苦茶だろ？　夜中に通り魔やりそうだろ？」

渉の目には涙が浮かんでいた。

「……お話ししてくださって、ありがとうございます」

俺はそれだけ答えた。

己の境遇と実弟に対する、様々な感情がない交ぜになった言葉に、少なからず打ちのめされていた。同時に化け物について考えていた。無関係だとは思えない。まだ何の手がかりも摑《つか》んでいないが、あの化け物はやはり、この家にいるに違いない。

琴子が眉根《まゆね》に皺《しわ》を寄せて、渉を見つめていた。

「喋《しゃべ》りすぎた。あいつには言うなよ」

渉はスマホを手にした。目も悪くなっているのだろう。画面が顔に付きそうなほど近付けて覗き込んでいた。

マニア談義は終了、ということか。

俺と琴子は礼を言って部屋を後にした。リビングに戻ると徹がソファから立ち上がる。

「無理を言ってすまなかったね」

「いえ、有意義な時間を過ごさせていただきました」

「お礼と言ってはなんだが、ゆっくりしていってくれないか。茶も出さずにいたし……」

俺は琴子に目配《めくば》せし、「ではお言葉に甘えて」と答えた。引き続きこの家を調べる好機だ。それに傷だらけの身体があちこち痛みを訴え、休息を求めている。

廊下を先導しながら徹は言った。

「暴飲暴食して、身体を壊してしまってね。経営者としては繊細すぎたんだろう」

「そうでしたか」

「話は記事になりそうかね」

「どうでしょう。もう何軒か当たってみないことには」

「証言者の氏素性は書かないんだろう？　書くとしても仮名なのかな、この手の媒体は」

発言の意味するところを悟って、心に雲が湧いた。

「書きません。情報源を売るような真似もしませんし」

「そうか、助かるよ」

徹は安堵《あんど》の表情を浮かべた。

角を曲がると縁側に出た。左手は庭園で、右手は障子を挟んで広い座敷になっていた。飴色《あめいろ》の座卓の上に、茶菓子が用意してある。

「家内の趣味で基本はモダンにしたが、一階の奥は全部座敷。私はこっちの方がくつろぐんでね。どうぞ」

招かれるままに座敷に入り、座卓の前に座ろうと屈《かが》んだ瞬間、背中を激しく叩《たた》かれた。激痛が全身を駆け巡り、思わず仰《の》け反《ぞ》る。

琴子だった。琴子が目をわずかに見開いて、襖《ふすま》を指差していた。

縁側の向かいに、古びた襖が四枚並んでいた。左の二枚には梅の木が描かれていたが、右二枚は全く別のものが描かれていた。

異形の獣だった。

上半身は左の襖いっぱいに、下半身は右の襖いっぱいに。ちょうど半分に分けて描かれている。身体を伏せ、今にも飛びかからんばかりにしている。

熊のような身体つき、茶色い体毛。前足も後ろ足も太く、五本の鉤爪《かぎづめ》を生やしている。

黄色い目と白い歯を剥《む》いた顔は猿にも犬にも見えるが、そのどちらでもない。虎のような鬚《ひげ》、長く垂らした灰色の舌。そして後ろへ反った太い角。顔は斜め左を向いている。

紫煙に浮かんだ獣と、同じ輪郭だった。

琴子の肩に力が入っているのが分かった。俺の視線に気付いて、小さく頷《うなず》く。

こいつなのか。この絵は化け物を——見えない通り魔を描いたものなのか。

それとも——

「この襖絵は？」

俺は訊ねた。声が緊張で上ずっていた。

「七年前だったかな、ここを建ててすぐオークションサイトで買った。何でもあるんだね」徹は照れ臭そうに答えた。「古寺を解体して出たものです、って出品者からの説明にはあったよ」

「それも興味深いですが、来歴とかそういったものは？」

背中の痛みも忘れて、質問を重ねる。

「久留《くる》畑兼嗣《はたかねつぐ》の晩年の作品らしい。知らないかな、久留畑派。巨勢《こせ》派と並び称される絵仏師の家系で、兼嗣は元禄《げんろく》の頃に活躍したんだ。その筋では有名だよ」

「巨勢——巨勢金岡《かなおか》なら知ってます。平安時代の宮廷画家で、日本画の開祖だ。確か大阪に彼を祀《まつ》った神社がある。そうだ、金岡神社だ」

「久留畑派はそれに比べたらマイナーかもしれないな。並び称される、はちょっと大げさだった」

表情は硬いが、口調は当初よりずっと穏やかで楽しげなものに変わっていた。

「でもまあ、これも襖絵に付いてきた由来書に書いてあった話で、本当に兼嗣作かは怪しいがね。そもそも本物なら八枚二十四万円は安すぎる」

「八枚？」

「そっちの襖もそうだよ」

徹は茶を淹《い》れる手を止め、床の間の反対側を指差した。目を向けた俺は息を呑《の》んだ。

四枚の襖のうち、右の二枚には竹林が描かれている。

そして左の二枚に同じ化け物が描かれていた。

姿勢が少し違うが構図も、色も、襖の使い方も、梅の方の化け物とほぼ同じだった。ただこちらの――竹の方の化け物は舌を出しておらず、鬚もなかった。角の曲がり方も微妙に異なっている。

「二頭いる……」琴子が呟《つぶや》いた。「この怪物は何なんでしょう」

「何でそんな……ああ、あなた方の分野でもあるわけか。失礼」

徹は苦笑した。初めて見せる笑顔だった。

「後で由来書を持ってくるけど、覚えている範囲だと確か……この襖絵、元々は寺に依頼されて描いたものだそうだが、まあこの絵を見た依頼主の僧も、当然同じことを兼嗣本人に訊《き》いたわけだ。この獣は何ですか、と。そしたら」

座卓の上を滑らせるように湯飲みを差し出し、

「しばらく考えて言ったそうだ——これは二頭合わせて〝ぜんしゅ〟ないし〝がしゅそくせい〟だろう、ってね。どういう意味かは教えてくれなかった。『疎《おろそ》かなり疎かなり』と笑うばかりでね。さ、どうぞ熱いうちに」

と言った。

ぜんしゅ。がしゅそくせい。

初めて聞く名前だった。漢語由来だろうか。であれば漢字を当てられるはずだが、すぐには思い付かない。名前が二つあるのも、二頭合わせて一つの名前なのも不可解だ。

だがそれらの疑問以上に、俺は恐怖を抱いていた。この絵を前にして今更のように怖《おじ》気《け》付いていた。何故なら——

湯飲みを手にしたまま絵を凝視している琴子を横目に、俺は徹に訊《たず》ねた。

「巨勢金岡の伝説はご存じですか」

「ああ、絵馬の話」

徹は菓子の包装を破く。

かつて金岡は大きな馬の絵を木の板に描き、神社に奉納した。その直後から、夜な夜な近くの田畑が荒らされるようになった。現場に残されたのは馬の蹄《ひづめ》の跡。さてはと思った村人が絵を検《あらた》めると、蹄に泥が付いていた。

金岡の描いた馬が板から抜け出して暴れ、作物を食い荒していたのだ。

これを知った金岡は、馬の絵に「地面に刺した杭《くい》」と「綱」を加筆。馬を杭に繋《つな》いだ。

それからというもの、作物が荒らされることはなくなった――

似たような話は全国に流布している。「馬を追いかけたら神社の前で消えた」「前足の部分の板を切った」などなど、細かい差異はあるが肝となる部分は同じだ。

優れた画家の描いた絵が、夜な夜な抜け出て近隣に被害をもたらす。

画竜点睛《がりょうてんせい》の古事を例に出すまでもなく、優れた絵が実体化する、という伝説は、古代中国からあった。当然、伝統的な比喩《ひゆ》や誇張表現だと思っていたが、まさか現実に起こり得るとは想像もしなかった。

見えない通り魔の正体は、このぜんしゅの絵そのものだ。

俺たちは今、あの化け物と相対しているのだ。

伝説を信じるなら昼間は大丈夫だが、まるで安心できない。

二頭の視線を感じた気がした。

緊張を覚えながら琴子に金岡の伝説を説明していると、徹が声を上げた。

「ああ、これも抜け出すんじゃないかって?」

「そんな伝説があったら面白いなと」

「あるよ」

「えっ」

俺が驚いていると、彼は立ち上がって、縁側の向かいの絵に近付いた。

「夜道で別の絵仏師が転ばされて怪我をしたことが何度かあった。何より兼嗣自身、寺に向かう途中の暗い山道で、何者かに引き倒されて怪我をし、そのまま亡くなった。そんなことが由来書には書いてあったよ。寺の僧は例のごとく足の汚れからこのぜんしゅが犯人だと推理して、絵を傷付けることにした。こっちの絵は目を、あっちの絵は足を。そうしたら二度と似たようなことは起こらなくなった、めでたし、めでたし――ほら、よく見てみるといい」

俺と琴子は同時に立ち上がって、二頭の絵を検めた。琴子は普通にしていたが、俺はどうしても及び腰になってしまった。こわごわ顔を近づけ、目を凝らす。

「……確かに」

俺は呟いていた。

右側に書かれたぜんしゅの両の瞳《ひとみ》には、針で刺したような穴がいくつも開いていた。

左側のぜんしゅの後ろ足は、手前の太腿《ふともも》が破かれていた。

「ええ、どちらも封じ込められている」

琴子が答える。

「まあ、要は箔付《はくづ》けだな」徹が言った。「動けなくした云々の伝説はそれと同時に、後世の所有者が絵を汚してしまって、取り繕うためにデッチ上げた創作、というのが実情じゃないかな。これは汚損じゃありません、封印です、ってね」

「なるほど」

俺は聞いている振りをした。

目の前の二頭の獣——ぜんしゅの絵が、化け物と関わりがあることはほぼ間違いない。

だが、ぜんしゅの絵はどちらも封印されている。

本当は封印されていないのか。

それとも「襖絵《ふすまえ》に関係がある」という前提が間違っているのか。

気になるところはまだあった。徹が家を空けた時に通り魔の事件が起こる、という渉の証言。俺に止《とど》めを刺さなかった化け物の不可解な動き。全く意味の分からない名前。

「まさか私の趣味に興味を示してもらえるなんてな。今日は不思議なことばかりだ」

徹がしみじみと言うのが、遠くで聞こえた。彼が何故俺たちを渉と会わせたがったのか。何故引き止めたのか。誰が誰について知ってもらいたくて、誰の話を聞いてもらいたかったのか。全て分かったような気がした。

「諸田さん」

絵を見て考え込んでいた琴子が、口を開いた。

「つかぬことをおうかがいしますが、見えない通り魔の件をどう思いますか？」

「この界隈《かいわい》のあれかい？　そりゃあ、早く解決してほしいね」

彼は即答した。

「一般論として、これ以上犠牲者は出て欲しくないからね。あと、そうだな、なんというか……」

不意に言い淀《よど》む彼に、琴子が訊ねる。

「あなたが家を空けた夜に限って事件が起こる。その符合が気になりますか？」

すっかり弛《ゆる》んでいた徹の表情が、一瞬で強張《こわば》った。気持ち悪いものを見るような目で、琴子を見る。

「どうしてそれを」

「お兄様もその点を気にされていました。歪《ゆが》んで飛躍してはいますが、端的に言えばご自分を責めていらっしゃる」

「すまないが意味が分からない」

「そうですね。では……」

琴子はぜんしゅの絵を一瞥《いちべつ》して、

「次の出張はいつにしますか？」

と訊ねた。

三

深夜二時を回っていた。

諸田邸はひっそりと静まり返っている。全ての灯《あか》りが消え、どの部屋も暗い。たった一つの部屋を除いて。

諸田徹は不在だった。

渉は十二時には部屋の電気を消した。昼夜逆転していた時期は長かったが、今は一周回って朝方の生活をしている。

渉の部屋のドアが、音もなく開いた。中から渉がゆっくりと這《は》い出てくる。長い廊下に腹を擦《こす》り付け、時折両手で上体を起こす。またある時は片方の——長い方の足の膝《ひざ》をついて。

階段を後ろ向きに降りる。何度も転げ落ちそうになるが、その度に踏み板にへばり付き、体勢を立て直す。長い時間をかけ、なめくじのように緩慢に、少しずつ。

一階に辿《たど》り着いた渉は、廊下を奥へと向かった。顔には何の表情も浮かんでいない。目はわずかに開いている。途中で腹ばいになって休憩し、再び進む。

角を曲がって縁側を進み、右手の障子を開け放って座敷に頭を突っ込む。

座敷には灯りが点《つ》いていた。

「兄貴……」

つぶやいたのは運転席にいる徹だった。ダッシュボードに置いたノートパソコンのディスプレイを、困惑の表情で覗《のぞ》き込んでいる。

「予想どおりです」

傍のスーツ姿の琴子が答え、紫煙を吐く。助手席の窓は半分開いている。

後部座席の俺は振り向いて、リアウィンドウ越しに諸田邸に目を凝らした。もちろん変化は何もなく、四角い豪邸の影が、ただ暗闇の中に聳《そび》え立つばかりだった。

俺と琴子、徹の三人は諸田邸から少し離れたところにいた。路上駐車した諸田の車の中で、ノートパソコンを覗き込んでいる。ディスプレイに映し出されているのは、事前に諸田邸のあちこちに設置しておいた、監視カメラの映像だった。今は座敷が大映しになっている。

渉に「出張に行く」「今日は帰らない」と嘘を吐き、徹は前日早朝に車で家を出た。俺と琴子は日付が変わる少し前、ここに戻ってきた徹と落ち合った。そして車内で監視カメラの映像を見続け、今に至る。

全て琴子の立てた計画だった。縁側から座敷に入った渉は畳を這い、梅の襖絵に少しずつ近付いていた。ずず、ずず、と畳を擦る音が、聞こえるはずもないのに聞こえた気がする。渉は左から二枚目の、梅の木の枝が描かれた襖のへりに手をかけた。そのまま膝立ちになり、襖を揺らす。身体を反らす。襖が外れた。バランスを崩した渉は襖ごと、畳に仰向《あおむ》けに倒れる。そのまま動かない。外れた襖の下敷きになったままだ。俺は静止画のようになった画面を見つめたまま、息を殺していた。

渉は一向に動き出さない。不安が喉元《のどもと》まで込み上げる。

「大丈夫なのか」

消え入りそうな声で徹が訊《たず》ねた。運転席側の窓を半分開け、煙を逃がすと、

「兄は普段、ほとんどベッドから出ないんだ。せいぜい自分の部屋の中くらいで、こ、こんな長距離……」

「わたしも心配です」琴子が答えた。「ですが推測が正しければ、これも今回で終わりです」

「推測？　終わり？　すまないが、いい加減説明してくれないか」

「汚損され動きを封じられた二頭のぜんしゅは、長い間ただの襖絵でした。世間にも知られていなかったのでしょう。由来書以外、どこにも記録は残っていませんでした」

「いやいや」徹は苦笑した。「それなら『由来書は偽物だ』と考えるべきだろう。私も絵が気に入ってお手頃価格だから落札しただけで、真贋《しんがん》についてはかなり疑っているよ」

「ですが史実と一致するところがあるのです」

琴子は携帯灰皿で煙草を揉《も》み消すと、

「久留畑兼嗣は夜道で転んで大怪我をし、それが元で亡くなっている。そうですね、野崎先生」

「ああ」

少し調べただけで記録は幾つもみつかった。日本画の歴史では事実と見做《みな》されているらしい。

琴子は開け放った助手席の窓から善福寺川の方を眺め、

「ぜんしゅは封印されたまま眠っていた。寺は打ち捨てられ、時を経て解体されて、襖絵はオークションサイトで叩《たた》き売られた。そしてあなたに買い取られ、この家――諸田邸にやって来た」

　またすぐ煙草に火を点ける。

「ここでぜんしゅは恰好《かっこう》の逸材を見付けます。実の弟に複雑な思いを抱きながら、病で動けずどうすることもできない、そんな人間を。自分たちとよく似た感情を抱えた、諸田渉さんという人間を」

「兄貴が……似た感情……」

「ぜんしゅはおそらく兄弟か姉妹なのでしょう。きょうだいに強い感情を持ち、なおかつ閉じ込められていることに鬱屈《うっくつ》している。つまり渉さんとぜんしゅは偶然にも波長が合った。最近は『シンクロする』と言うそうですが」

　画面の中で何かが動いた。

　渉が襖《ふすま》を払いのけ、身体を起こした。外した襖の隣――梅の幹が描かれた、左の襖に手を伸ばしている。

　俺はここに来る前、家での出来事を思い出していた。

※　※

「……というわけでぜんしゅは見えない通り魔になったの」

琴子が換気扇の前で推理を披露し終えた。

「検証は今夜。諸田さんが話の早い人でよかった。予断は禁物だけど、おそらくは推理したとおりになると思う」

真琴はベッドの隅に腰掛け、腕を組んでいる。足は当初よりは回復したが、まだ元通りとは言い難い。手も包帯をしたままだ。

彼女は怒ったような顔で、サイドテーブルを見つめていた。巻物が置かれている。徹から借り受けた、襖絵の由来書だった。

ややあって、煙草を吸う琴子に声を掛ける。

「姉ちゃんの言ったとおりになったら、どうするの？」

「一休さんの逆ね。ぜんしゅを襖に戻す」

「できるの？」

「もちろん。で、戻したら襖ごと焼き払う」

真琴は目を見張った。

「そんな……」

「難しいことじゃない。前回は相手が何だかも分からなかったから仕留め損ねたけど、今度は大丈夫」

「でも」

「依頼を横取りしてごめんね、真琴」

まるで詫《わ》びる気のない口調だった。本当は安心しているのが手に取るように分かる。償いにかこつけて怪異に対峙《たいじ》し、真琴に無茶をさせずに済んだ。だから安堵《あんど》している。俺も概ね同じ気持ちだった。真琴の依頼に協力することは何度もあったが、傷付く真琴を見るのは御免だった。

「野崎はそれでいいの？」

唐突に真琴が訊《き》いた。

「検証にいいも悪いもないだろう。推理が正しいと分かれば然るべき対処をする。それも当たり前のことだ」

「そんな段取りの話をしてるんじゃない」

「すまん、質問の意味が分からない」

「原因とかそういうのだよ」

「原因？」

「真琴は本当にそういうのが好きね。人の悲しみだとか、迷いだとか、スキマだとか」

琴子が呆《あき》れたように言った。

「さっき説明したでしょ。渉さんが溜《た》め込んだ感情が、ぜんしゅの意志と同調したの」

「うん、分かってる」

「諸田兄弟のスキマは一日二日では塞《ふさ》がらない。だから襖絵を焼く。それのどこがおかしいの？」

「そこはおかしくないよ」

「じゃあ何が不満なの？」

真琴は答えなかった。

夕食の時も、それ以外も、ずっと黙って考え込んでいた。ようやく口を開いたのは俺たちが家を出る直前、琴子に問いかけられた時だった。

「真琴、怪我はどう？」

「まあまあ。明日《あした》はバイト行けそう」

「そう。ちょうどよかった」

「え？」

「そのまま仕事に直行するわ。明日のはどうしても動かせないの」

「初耳だよ、そんなの」

「そう」

琴子は靴を履くと、玄関の隅にあるキャリーバッグの持ち手を摑《つか》んだ。真琴はのろのろとその後に続く。

「野崎さんに迷惑をかけないようにね」

「ああ、うん」

「それじゃ」

琴子は振り向かずに家を出て行った。真琴は壁にもたれ、やはり何事か考えている。玄関ドアの覗《のぞ》き穴の辺りを見つめている。

「真琴、どうしたんだ」

「……何でもないよ」

「ちゃんと挨拶《あいさつ》しなくていいのか」

「うーん」真琴は天井を見上げると、「大丈夫だよ、大丈夫。気を付けてね」と、部屋に戻った。

※　※

渉は左隣の襖も倒した。

続いて肘《ひじ》を使って這《は》い進み、右側のぜんしゅの絵の、上半身の描かれた襖を掴む。目に穴を開けられているほうだ。

上半身の襖も倒すと、下半身の襖を勢いよく左へ滑らせる。それが済むと畳をごろごろと転がるようにして、もう一体の——竹林の方のぜんしゅのもとへ向かう。

「渉さんの健康状態では、こうした運動は困難が伴います。ぜんしゅも上手《うま》く操ることができないらしい。だから一連の動作の意味は掴みにくい。煩雑にも思える。ですが」

琴子は画面を見ながら、

「本当はとても単純なパズルをしているだけです」

「パズル？」

「ええ」琴子は煙草を吸いながら、「もうすぐです」と言った。俺は更に身を乗り出してノートパソコンに目を凝らす。

渉はもう一頭のぜんしゅの、上半身の描かれた襖を外した。そのまま仰向《あおむ》けになり、襖を抱えたまま、背中を畳に擦《こす》り付けて這い進む。

「封印を解く方法は至ってシンプルです」

琴子が言った。

渉が辿《たど》り着いた先は、さっきまで梅の幹の襖絵が嵌《は》まっていた敷居だった。身体を捻《ひね》って畳に座り、手に抱えた襖を新たに嵌め直す。

「梅の木の方のぜんしゅは目を穿《うが》たれた。でも下半身は無傷です。竹林の方は足を破かれましたが、上半身は無傷です。であれば――」

渉が動きを止める。襖を摑んだまま休んでいる。

「――汚損されていない方、つまり竹林の上半身と、梅の木の方の下半身が描かれた襖絵を並べれば、封印されていないぜんしゅが完成する」

琴子が言い終わったちょうどその時、渉が上半身の描かれた襖を勢いよく、右へと滑らせた。

二枚の襖がぶつかった。

かりっ

耳に届いた瞬間、心臓が鳴った。

小さな、かすかな音だった。それでも確かに窓の外から聞こえた。

かり、かり

俺たちは測ったように同時に、音のした方——諸田邸の方を見る。何も見えない。諸田も首を傾げている。

「大当たりね」

琴子が満足げに呟《つぶや》いた。

見えているのか。視線の先にいるのか。

襖絵《ふすまえ》を抜け出し、この一瞬で表に出てきたのか。

ディスプレイに視線を戻した瞬間、俺は息を呑《の》んだ。諸田が小さな悲鳴を上げる。

襖からぜんしゅがいなくなっていた。

何も描かれていない、古びた二枚の襖があるばかりだった。渉は畳に大の字になっていた。膨らんだ胸と腹が、かすかに上下している。

「こっちに全く気付いていない」

琴子が言って、慎重にドアを開けた。煙草を咥《くわ》え、中腰で外に出る。

煙草の先が青白く光っている。この世の火ではない火が燃えている。

推理が正しいと分かれば、すぐ対処しなければならない。襖に戻さなければならない。さもなくばぜんしゅはまた人を襲うだろう。俺たちも見つかれば危険だ。

服の下が汗で濡《ぬ》れていた。

「お二人はここで。わたし一人で大丈夫です」

琴子は腰を落としたまま歩き出す。

徹はディスプレイと琴子の背中を何度も交互に見て、「そんな……」と漏らした。

「信じられん……見えない通り魔が、外にいるのか」

「ええ。彼女には見えている」

「あの襖絵なのか。それを兄が解き放ったのか。兄が、兄が私を憎んで」

「憎んではいません。むしろあなたを気に掛け、胸を痛めていました。自分はあなたにとって重荷だ。そう感じているんじゃないかと」

「兄貴……」

車を出ようとする徹を引き留め、俺は琴子の様子を窺《うかが》った。煙草を手にして歩いている。

かり、かり、かり……

足音は諸田邸の前の道から聞こえている。ゆっくり遠ざかっている——北へ向かっている。このまま阿佐ヶ谷方面に行くのか。それとも今日は高円寺か。どちらにしろここで引き留めなければ。だが、それを琴子一人に任せていいのか。
己を奮い立たせようとすると、途端に背中の怪我を思い出す。あいつに引き摺《ず》られた時の苦痛も、恐怖も。

暴れ出した感情を押さえ付けていると、視界の隅で何かが動いた。外だ。

誰かが来る。北からこちらに、諸田邸の方に向かってくる。

少し離れた街灯の下に差し掛かり、その姿が照らし出される。

琴子が立ち止まった。

黒いナイロンジャージの上下。栗色の長い髪を一つ結びにし、生成りのトートバッグを提げている。右手には包帯が巻かれている。左足を少し引きずっている。

真琴だった。

どうしてここに、と思った瞬間。

がりっ

足音が駆け出すのが分かった。

直後に琴子も走り出した。俺も無意識にドアを開けて、転がるように外に飛び出した。

「真琴！」

諸田邸を通り過ぎたところで、俺は叫んだ。

足音はすでに聞こえない。遠ざかっている。真琴に迫っている。

真琴は街灯の下で立ち竦《すく》んでいた。トートバッグを両手で抱き、唐突にしゃがむ。

ごぅん、と出来の悪い鐘の鳴るような音とともに、街灯の支柱が折れ曲がった。

「ひゃあああ！」

間の抜けた悲鳴が聞こえて、俺は自分の耳を疑った。

真琴の数メートル後ろで、誰かが尻餅《しりもち》をついているのが見えた。民族衣装のような服、ボロ布のようなリュック。緑色の髪が闇の中にぼんやり浮かんでいる。

田青年だった。

「真琴さん！　絶対やべーっすよこれ！」

「大丈夫だから離れて！　離れて付いてきて！」

真琴が答えて立ち上がり、足を引きずってこちらに駆け出した。俺の前を走る琴子と鉢合わせる。

「何しに来たの、真琴！」

「どいて！　わたしから離れて！」

「待って、どういう——」

「姉ちゃんのやり方じゃ足りないんだよっ」

声が川沿いの、真っ暗な住宅街に響き渡った。

琴子が立ち止まり、傍を走り抜ける真琴を啞然《あぜん》とした顔で見送った。

何が起こっている。田青年は何故ここに。真琴は何をしに。足りないとは何だ。田青年に出した指示も訳が分からない。

真琴が目の前に迫った。声を掛けようとした時、

「危ないって！」

彼女は俺に体当たりし、道の端に突き飛ばした。不意打ちを食らった俺はあえなく道路に転び、したたかに背中を打ち付けてしまう。

激痛に身を捩《よじ》っていると、「がりっ」と目の前のアスファルトが鳴った。あっという間に遠ざかる。ぜんしゅだ。間違いなく真琴の後を追っている。

真琴の名を叫んだつもりが、口から出たのは意味をなさない呻《うめ》き声だけだった。痛みを堪《こら》えて起き上がり、来た道の方を向く。

真琴は諸田邸の前にいた。

ガレージのすぐ前でまたしても唐突に、地面に腹這《はらば》いになる。

雷鳴のような音がして、シャッターがひしゃげた。あまりの轟音《ごうおん》に思わず耳を塞《ふさ》ぐ。

「真琴！」

いつの間にか俺の側にいた琴子が呼ぶ。

「絶対来ないで！」

真琴がすぐさま返す。

「でも田くんは来て！」

「えええ、何で……？」

後ろから息を切らしてやって来た田青年が、呆然《ぼうぜん》と呟く。

アスファルトを転がった真琴が、両手でトートバッグを道の真ん中に置いた。すぐにまた転がって諸田邸の向かい、川沿いの道との境にあるフェンスにぶつかる。そのまま動かない。かろうじて上体を起こしたが、立ち上がれないでいる。苦悶《くもん》の表情を浮かべているのがこの暗さでも、この距離でも分かる。

見えないはずの化け物が、真琴のすぐ前にいる気がした。

太い腕を振り上げるのが見えた気がした。

長い爪を振り下ろすのが分かる気がした。

撥《は》ね飛ばされる真琴。アスファルトに叩《たた》き付けられる真琴。鋭い爪で切り裂かれ、血に染まる真琴。考えたくない真琴の姿が次々頭に浮かぶ。

動けない。動かなければいけないのに、全身が凍り付いたように動かない。

次の瞬間に真琴に起こることを想像しながら、俺はただ目の前の光景を見ていた。

……かり、かり

足音がした。不気味だが落ち着いている。

真琴に変化はない。彼女もただ前を——道に落ちたバッグを見ている。足音はバッグの辺りから聞こえている。

初めてここに来た時のことを思い出した。化け物に引き摺られ、ここに落とされ、死を覚悟した時のことを。何故か襲われることなく命拾いしたことを。

あの時と同じことが起こっている。

真琴がこちらを向いて手招きしていた。口をパクパクさせている。表情は先ほどより落ち着いていた。

「田さん、あなたを呼んでいます」

琴子が囁《ささや》いた。

「自分すか？」

「ええ。行ってください。わたしからもお願いします」

「いや、全然意味が——」

「早く」

琴子が鋭い視線で、田青年を睨《ね》め上げた。青年は「えええ……」と絶望の声を漏らしたが、やがて妙な足取りで一歩一歩、真琴の方へ向かった。

真琴がトートバッグを指している。田青年は「え？」「マジで？」と小声で何度も確かめ、及び腰でバッグの方へと歩いていく。

俺は琴子に訊《たず》ねた。

「どういうことですか」

「分かりません」

琴子はほとんど灰になった煙草を手にしたまま、

「ですが……あいつは攻撃して来ません。まるで真琴にも、田さんにも気付いていないみたいに、バッグの辺りをうろついている」

「あのバッグは」

「さあ。見当も付きません」

琴子は煙草に気付いて、足で踏み付けた。

田青年がトートバッグを摑《つか》み、ゆっくり持ち上げた。

がりっ

爪の音が一際大きく響き、「ひっ」と青年が竦み上がる。

「な、何なんだよもう……」

嘆く青年の肩を真琴が叩く。何事か話しかける。青年は泣きそうな顔になって、家の方に一歩踏み出す。一歩。また一歩。彼の肩に触れたまま、真琴も前に進む。

足音は途絶えていた。

俺はただ見守ることしかできなかった。

琴子が今にも飛び出さんばかりの姿勢で、虚空を睨《にら》み付けていた。

「え……」

田青年が立ち止まった。

引き攣《つ》っていた顔が恐怖で更に歪《ゆが》む。

この距離で見えるほど手足が震えている。トートバッグも激しく揺れている。目は斜め上を見上げたままだ。あの視線。あの脅えよう。聞こえなくなった足音。まさか――

今の彼には、ぜんしゅの姿が見えているのか。

そしてぜんしゅは、彼を見下ろしているのか。

真琴は目を閉じていた。

しばらくの間、誰も動かなかった。深夜の冷たい静寂の中に、田青年の荒い息遣いだけが聞こえていた。

冷や汗が顎《あご》を伝ったその時。


じり……じり……

動いた。

今までとは明らかに違う。静かに、音を立てないように歩いている。

琴子が息を呑《の》むのが聞こえた。


じり……じり……じり……じり……


音は諸田邸の方に向かい、どんどん小さくなって、消えた。

はあっ、と息を漏らして、田青年がその場に跪《ひざまず》いた。落としそうになったバッグを、真琴が寸前で掴む。

「消えた」

静かに、だがわずかに困惑を滲《にじ》ませて、琴子が言った。身体を縛っていた緊張が解け、俺は真琴に駆け寄った。

「大丈夫か真琴」

「野崎」真琴は力なく微笑んだ。

「説明しろ、何が起こった」

「ご要望を聞いてあげただけだよ。まだ途中だけど」

「要望？　途中？」

「それは説明とは言わないの、真琴」琴子も遅れてやって来る。へたり込んでいる田青年を一瞥《いちべつ》して、「無関係な人を危険な目に遭わせて、どういうつもり？」

「無関係じゃないよ」

真琴はきっぱりと言った。真剣な表情になっている。強い意志を湛《たた》えた目で、真っ直ぐ琴子を見据える。そのまま俺にトートバッグを手渡す。中身を見た俺は反射的に「なんだこれ」と口にしていた。

バッグの中から出てきたのは、田青年の描いたウェルカムボードだった。誇張された俺と真琴が、肩を寄せ合ってこちらを見ている。

真琴は俺と琴子を交互に見つめて言った。

「説明するよ。この家のお座敷で。諸田さん家《ち》だっけ」

諸田渉は高鼾《たかいびき》をかいて眠っていた。徹が頬を叩いても目覚める気配はないが、顔色はよく表情も穏やかだった。起こすのを諦《あきら》めて兄に布団を掛けてやってから、徹は琴子に問いかける。

「まだ飲み込めていないんだが——襖に帰ってきた、ということかな」

「ええ」

縁側近くに立った琴子は襖《ふすま》を見遣った。

ディスプレイでは空白だった二枚の襖に、一頭のぜんしゅが描かれていた。竹林の上半身、梅の木の下半身。単純極まりないパズルによって汚損の封印を無効化し、夜な夜な外に出た異形の化け物。

「いつもは外で暴れた後にここに戻って来て、渉さんを操って襖を元どおりに嵌《は》め直していたのでしょう。ですが今は何故かそうしない。真琴、これも説明できるの？」

　俺の側、床の間の柱にもたれていた真琴が、「うん」と答えた。顔は青白く、目の下には隈《くま》ができているが、どこかスッキリした表情をしている。座卓では田青年が真っ青な顔をして、湯飲みの茶を啜《すす》っていた。

「座った方がよくないか、真琴」

「大丈夫」

「遠慮しなくていいよ。ええと、野崎夫人」

「真琴です」

　ヘアゴムを外し、癖の付いた髪をばさばさと掻《か》き毟《むし》った。

「変だと思ったら言ってください。わたし馬鹿だから上手《うま》く喋《しゃべ》れるか分からないんで」

　そう前置きして、真琴は話し始めた。

「今は大人しくしてくれてるけど、このオバケ——ぜんしゅは、渉さんを操って、こうやって封印を解いた。徹さんがいない夜に抜け出した」

「そうよ。それは検証も済んだ」

　と琴子。腕を組んで真琴を見つめている。

「事件が起こったのは今年の四月。でも……この絵がここに来たのは七年前。でしたよね、徹さん」

「ああ。そうだ。七年前の今頃だった」

「ってことは、ぜんしゅは六年半、何もしなかった。これはどうしてか」

答える者は誰もいなかった。

「次」

真琴は柱から背中を離すと、

「姉ちゃんと二人で追いかけてたのに、どうしてぜんしゅは野崎だけを襲ったのか。どうして襲ったのに止《とど》めを刺さなかったのか。わたしの時もそう。どうしてわたしだけを追いかけて来たのか。途中で襲うのを止めたのか。ええと……これで全部か」

「田さんが入ってないけど」

「それはいいの。別口だから」

妹の不可解な答えに琴子は片眉《かたまゆ》を上げた。

「野崎、どうしてだか分かる？」

「いや……」

俺はしばし考え、迷った末に口にした。

「ウェルカムボード、としか考えられないんだが」

「正解」

「……何だって？」

真琴はぜんしゅの襖絵を見ながら、

「このオバケはね、田くんの描いた絵を持って、暗いところにいる人だけを狙ってたの。多分そういう人しか見えないっていうか、センサーに引っかからないんだと思う。絵そのものには反応しない。絵から離れた人もそう」

こほんと咳払《せきばら》いして、

「田くんが高円寺に住み始めたのは去年からだけど、ポストカードを売り始めたのは今年の四月から。事件が始まったのとぴったり一致する。全員に確認取ったわけじゃないけど——ぜんしゅに襲われた人はみんな、田くんのポストカードを買った帰りだったんじゃないかな。手に持つか鞄《かばん》に仕舞うか、ポケットに入れるかしてたんだと思う」

と言った。俺は後者だった。琴子もそうだ。

公園で殺されたカップルも、田青年のポストカードを買っていた。

全員の視線が田青年に集中した。

彼は青い顔を更に青くして震えていた。縋《すが》るような目で一同を見回し、涙声で言う。

「え？　え？　どういうことすか。自分の絵が、人を、わりとたくさんの人を、と、通り魔っていうか、そいつの……？」

「真琴、どういうつもり？」

琴子が尖《とが》った声で訊《たず》ねた。

「今の推理には納得できる。でも、それを田さんの前で披露してどうするの？　犯人扱いも同然じゃない。お前が絵を描いて売ったせいだって」

「違うよ。田くんの絵はあくまできっかけの一つだから。人を傷付けたのは、この絵のオバケだよ。あんまり、っていうか全然賢くなくて、乱暴に扱ったら人間が怪我するとか、分かってないっぽい」

真琴は田青年を見つめて、

「それに田くんがいなくても、同じことは起こってたかもしれない。ぜんしゅが気に入る——シンクロする絵を描ける人が、この辺りに住み始めたら」

「どういうことだ？」

「ぜんしゅは人を襲ってたんじゃないし、傷付けようとしたわけでもない。自分を完成させて欲しかったんだよ」

真琴は声を張った。

「そのために素敵な絵を手にしてる人を、手当たり次第に引っ張って引き摺《ず》って、投げたりなんかもして、ここまで連れて来ようとした。田くんが来た時にそれが叶《かな》って、だから今、大人しく襖の中に入ってるの。最後まで描いてもらうのを待ってるの」

襖絵を指差す。

ぜんしゅの目が一瞬、こちらを見た気がした。

「野崎、前に日野市のお寺の話してくれたの、覚えてる？　仕事のリサーチで知ったって。ええと、金剛寺」

「高幡不動尊金剛寺、だったか」

「たしかそう。そこのお堂の天井に、龍《りゅう》の絵が描いてあるんでしょ。その絵の龍、天井板から何度も抜け出したって昔話があるんだよね？　このぜんしゅと同じで」

「いや、どうだったかな。あの頃は相当詰まってて……」

「思い出してよ」真琴はじれったそうに、「その龍、あとは周りに雲を描くだけだって時に色々トラブルがあって、描くの中断しちゃったんでしょ？　要は未完成だから抜け出したっていう珍しい理屈なんでしょ？　ほら、何とかの四字熟語と正反対で面白いって、野崎言ってたじゃんか」

「画竜点睛《がりょうてんせい》？」

「そう！」

真琴の声で記憶が甦《よみがえ》る。金剛寺を取材したのは結婚式当日の昼だった。記事では龍の天井画にも触れたし、写真も撮った。それなのに今の今まで、すっかり忘れていた。

俺は馬鹿だ。いや、たとえ覚えていても、今回の件と関連付けたりはしなかっただろう。この化け物はただ暴れているだけで、理由などないと。

「描きかけ？」

声を上げたのは徹だった。

「すまないが、どこかに欠落があるとは思えないな。龍の絵の話は面白いけど、このぜんしゅの絵は完成されている」

「されてないんです」

真琴は真っ正面から否定した。

「ねえ野崎、悪いけどその襖《ふすま》、立ててくれないかな」

「どれだ？」

「そこ、そこに倒れてる、上半身のやつ」

梅の木の方、目に穴が開いている方だ。

俺はすぐさま襖を持ち上げ、竹林の上半身の左隣に嵌《は》める。二つ並んだ上半身を、寝ている渉以外の全員で見比べる。

「ひょっとして……これのこと？」

訊ねたのは琴子だった。

竹林の方——さっきまで抜け出していた方を指差す。真琴は大きく一度うなずいて、

「そう、こっちのぜんしゅにはヒゲがないの」

と言った。

ううむ、と俺は無意識に唸《うな》っていた。初めて見た時にヒゲの有無には気付いていたが、根拠としては弱すぎる。徹も、田青年も首を捻《ひね》っている。琴子が小さな溜息《ためいき》を吐き、皆を代表するかのように言った。

「それは単なる描き分けじゃないの？　雌雄《しゆう》の区別なのかもしれない。兄妹《きょうだい》か姉弟《きょうだい》。そ

っちの方が有り得る」

「違うよ姉ちゃん、これは本当ならヒゲが描かれてないといけないの」

「こんな化け物の絵に正誤なんてないでしょう」

「あるよ。描いた人が言ってる」

「言ってる？」

「そう」

真琴はポケットからスマホを取り出した。タッチパネルを何度かスワイプして、「見て」とこちらに翳《かざ》す。

俺たちは一斉に覗《のぞ》き込んだ。

「これは……！」

まっさきに声を上げたのは俺だった。

〈全鬚《ぜんしゅ》〉

〈画鬚則成《がしゅそくせい》〉

鬚を全うす。つまり——ヒゲを最後まで描く。

鬚を画すれば則ち成る——ヒゲを描けば完成する。

漢文として正しいのか分からない。それこそ〈全鬚〉の方は怪しい。だが、だからこそ久留畑兼嗣は「疎《おろそ》かなり疎かなり」と笑ったのではないか。疎かなり、とは未熟であることを指す言葉だ。こんな時に気の利いた名前、同時にちゃんとした名前の一つも捻《ひね》り出せないことを、彼は恥じ入ったのではないか。いや、或《ある》いは理想とするヒゲが描けずにいることを言ったのかもしれない。

聞いたことのない名前なのは当たり前だ。兼嗣がその場ででっち上げたもので、おまけに厳密には名前ではなく絵の説明、注釈だったのだ。

「これ……調べたのか？」

「うん。頑張って辞書引いて、すっごい考えた。人生で一番頭使ったよ」

真琴は微笑したが、すぐに真顔に戻る。

「だから田くん。このオバケにヒゲ描き足して。今それができるの、田くんだけだから」

田青年は答えなかった。顔色は幾分良くなっていたが、戸惑いと恐怖は一向に消えていないのか、目は泳ぎ口元は引き攣《つ》っている。

「……無理っすよ」

力なく言うと、彼は俯《うつむ》いた。

「この絵は動かなくてもヤバい。自分なんかが手を加えたらクソになる」

「そんなことないよ」

真琴が頭《かぶり》を振って、

「ぜんしゅが田くんに描いてもらいたがってるんだよ。描いてほしくて夜中に、外に出てたんだから」

「合格ってことすか、ふふん」

　青年は鼻を鳴らした。しばらく絵を見つめていたが、やがてチッと舌打ちする。

「でも、描いたらやっぱ気に入らなねーわってなることもあるんじゃないすか、こいつ。不合格だってまた暴れ出すんじゃないすか」

「そんなこと」

「ないとは言えませんよね？　しかもこれ、この絵の作者と競えってことじゃないすか。負けないように頑張れって」

「田くん……」

「無理っす。いくら真琴さんのお願いでも。自分、もう周りの都合で試されんの真っ平なんすよ。もう燃やすなり破くなりでいいじゃないすか」

　投げやりに言い放つと、彼は絵に背を向けた。

　かける言葉が思い付かなかった。理屈では説得できない。仁義でも無理だ。この場で先達の絵に手を加えろ——そう求めること自体が、彼の傷口を抉《えぐ》っているのだ。ここは彼の言うとおり、絵を汚損するしかないのか。

　途方に暮れていると、

「田さん」

　琴子が呼びかけた。

「何すか」

「ヒゲを描いてください。真琴に言われて画材を用意してきたんですよね」

「まあ、家にあるやつ色々持っては来ましたけど、でも」

「これは真琴が探り当てた真相です。わたしの妹が必死で考えて提案した解決策。姉や夫を駆けずり回らせて、自分は家で寝っ転がってね」

「ちょっと」

「ですが、わたしもこれが最善だと思います。わたしではここまで辿《たど》り着けなかった。お人好《よ》しの真琴だからこそできた」

琴子は身体ごと田青年に向き直って、

「田さん、どうか真琴の願いを叶《かな》えてやっていただけませんか」

お願いします、と頭を下げた。田青年は「参ったな」と、己の頬をせわしなく擦《こす》る。

真琴は信じられないといった表情で、姉を見つめていた。

徹がおずおずと口を挟んだ。

「燃やされるのは、ちょっと寂しいものがあるね。次元の違う話ですまないけど、それ、私の襖絵だから……」

「田くん、俺からも頼む。真琴の言っていることは多分、いや——きっと正しい」

「田さん」

琴子が静かに呼ぶ。

青年は険しい表情で考え込んでいたが、やがて真っ直ぐ襖絵を見据えた。足を鳴らして襖の前に仁王立ちになり、リュックの口を覗き込む。

「ニカワとか染料とか持ってきてないすけど、大丈夫すかね？　真琴さん」

「ポストカードに使ったやつでいいんじゃないかな。それかウェルカムボード」

「コピックと色鉛筆っすよ……まあ、それでいいんなら」

田青年は立ち上がると、勢いよく自分の両頬を叩《たた》いた。

ぱん、と澄んだ音が座敷に響いた。

四

二ヶ月が経った。

夜の高円寺に人が戻り、駅前は深夜でも年齢不詳、職業不詳の人々で賑《にぎ》わっている。完全に元通りとは言い難いが、遠からずそうなるだろう。正月の頃か、あるいは節分か。

見えない通り魔は現れなくなった。

足音も聞こえなくなった。

徹の出張中、渉が襖を動かすこともなくなった。監視カメラで何度も確認したという。

真琴の推理は当たっていた。対策も成功した。

田青年がヒゲを描き加えたことで、ぜんしゅはただの襖絵になったのだ。江戸時代の絵仏師と現代のフリーターが合作し、諸田徹が所有する、単なる異形の化け物の絵に。最早《もはや》ぜんしゅという名前も、がしゅそくせいという名前も相応《ふさわ》しくない。

事件は解決したのだ――と、俺は頭の中で言葉にした。自宅の仕事机で原稿を打つ手を止め、凝った首を鳴らす。もちろん、何もかもが丸く収まったわけではない。だが確実に丸く収まろうとしている。収まる方へと皆が向かっている。

諸田兄弟はあれ以来、何度も話し合いを重ねた。渉は車椅子で表を散歩するようになったという。徹は妻とも話し合い、土日に外で会うようになったらしい。田青年は今も昼はサイゼリヤでアルバイトし、夜にポストカードを路上販売している。最近はその場で似顔絵を描いてもいる。何度かカードを買ったが、彼の表情は以前より遥《はる》かにすっきりしていた。先日は久々に兄と連絡を取ったという。

諸田兄弟、田兄弟、琴子の推測が正しければぜんしゅ。三組のきょうだいが、良い方へ進んだわけだ。

そして、もう一組も。

※　※

田青年がヒゲを描き加え、しばらく様子を見て何事もないことを確認して解散した、その直後のことだ。

高円寺駅北口のロータリーの喫煙スペースで、俺と琴子は煙草を吸っていた。真琴が疲れ切った半開きの目で、缶コーヒーを飲んでいる。夜が白々と明け始めていた。

　琴子が煙草の火を消し、灰皿に落とした。

「名探偵ね、真琴。わたしたちは助手」

「……ごめん、何て返していいか分かんない。アタマ全っ然働いてなくて」

「そう」

　琴子が肺に残った煙を吐き出す。

「上手《うま》くやれると思ってたのに、逆に助けられた」

「姉ちゃん助けたんじゃないって」

「そうね。そのとおり」

　ぎこちない会話に助け船を出したくなったが、俺も頭がまるで働いていなかった。

「あの絵、あのやり方でよかったのかな」

　真琴がぽつりとつぶやいた。

「全然違ってて、また誰かが襲われたらどうしよう。また誰かが殺されたら……」

「悩むのはまた起こった時でいい」

　冷たい声で琴子が答えた。

「それに、あなた一人で抱え込む必要もない。信頼できるパートナーもいるんだし」

「……そうだね」

「ああ」

俺はそれだけ答えた。

「怪我はどう？　真琴」

「まあ歩ける。手は疼《うず》く」

「わたしの所為《せい》でできた怪我だけじゃなくて、さっき逃げ回ってた時のは？」

「そっちは何もない。無傷」

「仕事はできそう？」

「できるって、もう」

苛立《いらだ》ちを露《あら》わにした真琴を、琴子は涼しげな表情で見つめていた。キャリーバッグの取っ手を摑《つか》む。

「そろそろ始発ね。ここでいい。じゃあ」

「うん」

「ありがとうございました」

「こちらこそ。真琴をよろしく」

琴子は俺たちに背を向けて歩き出した。ガラガラとキャリーバッグが鳴る。

缶コーヒーを飲み干した真琴が、不意に言った。

「姉ちゃん」

立ち止まって振り向いた琴子に、

「あのさ、ええと」

「どうしたの」

「……また来てよ。たまたま近くに寄った時で、プラス時間が空いてる時」

　ポケットに手を突っ込み、寒そうに身体を揺らしながら、

「ホテル代わりでもいいよ。無料だよ。姉ちゃん安いの好きじゃん。そこのホテルメッツより安い」

「真琴の家は駅から徒歩十分よ。メッツはゼロ分」

「それくらいは我慢して」

　眠そうな目で姉を見つめる。

「そう……」

　琴子は少しの間考えていたが、

「じゃあ、また今度ね」

　そう言うと、微《かす》かに笑みを浮かべた。

　彼女が見えなくなっても、真琴はずっと駅の改札の方を眺めていた。

※　※

　原稿を書いていると、リビングの方から「はい、もしもし」と不機嫌そうな声がした。

真琴だ。時刻は午後三時。今朝はへべれけで帰って来たから、今は二日酔いの真っ只中《ただなか》だろう。

「はい、はい……え？」

声が小さくなった。聞き耳を立ててもまるで聞こえず、諦《あきら》めて原稿に戻る。

しばらくすると、バタバタと慌ただしい足音が近付いてきた。銀髪ベリーショートの真琴が、「最悪だよ」と言いながら部屋に入ってくる。

「どうした」

真琴は不機嫌そうに唇を尖《とが》らせて、

「姉ちゃん、来るって」

と言った。

「よかったじゃないか」

「どこが？　来るの今日だよ。しかも泊めてくれって。わたし予定あるのに」

「あるのか？」

「あるよ。今日はオフで一日寝るはずだったの」

苛立たしげに部屋を歩き回る。

「ああ、やっぱあの人変だよ。また来いってそんなん社交辞令に決まってんじゃん。普通は来ないよ。野崎だって仕事詰まってるのに」

最悪だ最悪だ、と繰り返す。

俺は仕事に戻った。真琴は姉への不満をぶつぶつと呟《つぶや》きながら部屋を出て行った。リビングから掃除機の音が聞こえ始めた。

ぜんしゅの跫《あしおと》

澤村《さわむら》伊《い》智《ち》

角川ホラー文庫　22518

令和３年１月25日　初版発行
令和３年２月15日　再版発行

発行者——堀内大示
発　行——株式会社KADOKAWA
〒102-8177　東京都千代田区富士見2-13-3
電話 0570-002-301（ナビダイヤル）
印刷所——株式会社暁印刷
製本所——本間製本株式会社
装幀者——田島照久

ISBN978-4-04-109956-8　C0193